Roger Darrobers

Proverbes chinois

Éditions du Seuil

COLLECTION DIRIGÉE PAR
VINCENT BARDET ET JEAN-LOUIS SCHLEGEL

ISBN 2-02-024017-3

Pour Edgard

Introduction

En Chine, dès l'Antiquité, l'art du discours s'est plu à recourir aux maximes et aux sentences. Han Fei, le théoricien du légisme, remarquait deux siècles avant notre ère qu'« il n'y a pas de proverbes creux dans l'Antiquité ». Le plus célèbre des commentaires des *Annales Printemps-Automnes* citait lui aussi de telles maximes. Les expressions empruntées à la sagesse populaire offraient un argument général et neutre à l'art de conseiller le prince. Sous couvert du sens commun, ils venaient s'ajouter aux vénérables citations tirées du *Shijing* (« Classique de la poésie »)[1]. Les dictons étaient désignés par le mot *yan*, que l'on traduit par « vulgaire » *(su)*; les termes *yanyu* (expressions proverbiales) ou *suyu* (expressions vulgaires) restent les plus usités pour définir ces proverbes. Le caractère populaire de ces antiques locutions ne fait pas de doute, en dépit de leur formulation archaïsante. La nature même du chinois – l'aspect invariable des mots, le contenu signifiant de chaque syllabe, la mélodie de la phrase suscitée par l'alternance de tonalités longues ou brèves – rendait la langue particulièrement apte à se figer dans des formules toutes faites.

1. *Zuozhuan*, éd. *Shisan jing zhushu* (Les Treize Classiques avec commentaires et sous-commentaires), p. 1795, 1798, 1869, 1887, 1888, 2022, 2073, 2087, 2088, 2119, 2151.

Dès l'époque Printemps-Automnes (VIIIe-Ve siècle avant notre ère), le *Classique de la poésie* servait de caution aux interventions des rhéteurs et des émissaires[2]. Le théâtre, à partir du XIIIe siècle, puis les contes et les romans recourent abondamment aux adages destinés à illustrer le discours. Le goût pour la métaphore trouvait dans les proverbes un support idéal. Les textes de Mao Tsé-toung ont également puisé dans cet héritage proverbial, venant en quelque sorte pimenter une phraséologie pour le moins aride. Dans un registre différent, la langue administrative de la Chine impériale s'exprimait aussi selon des formes codifiées, que des manuels destinés aux fonctionnaires avaient pour mission de diffuser[3] ; aujourd'hui encore, la formulation stéréotypée du *Quotidien du peuple* et des discours officiels hérite, à n'en point douter, de ce trait culturel.

Les proverbes se colportent selon un double registre, écrit et oral. Peu de langues ont, autant que le chinois, établi une coupure aussi nette entre le style parlé et l'écriture. Depuis les textes antérieurs à l'empire (221 avant notre ère), dont chaque terme suscite un commentaire, jusqu'à la langue moderne, l'écrit s'est longtemps cristallisé dans le style classique forgé sous les Han, forme qui s'est maintenue, non sans certaines variations, jusqu'au début du XXe siècle. Dans cette littérature de lettrés, les pro-

2. Jean-Pierre Diény, *Livret de l'École pratique des hautes études*, IVe section, livret 3, Paris, 1987 (résumé d'un cours de 1984-1985) ; François Jullien, *Le Détour et l'accès. Stratégies du sens en Chine, en Grèce*, Paris, Grasset, 1995, p. 81-105.

3. Pierre-Henri Durand, « Langage bureaucratique et histoire : variations autour du Grand Conseil et de l'ambassade Macartney », in *Études chinoises*, vol. XII, 1993, n° 1, p. 41-145.

verbes apparaissaient dès lors comme des gemmes du langage parlé serties dans le discours écrit.

Deux sortes de sentences se dégagent ainsi : les proverbes, dont la formulation reproduit le discours parlé, et les maximes, transcrites dans la langue classique. La première forme (*yanyu* ou *suyu*) requiert un nombre de mots plus important que la seconde. Celle-ci englobe le vaste champ des expressions en quatre caractères (*chengyu,* littéralement, expressions toutes faites), ainsi que les adages *(geyan)* élaborés par les auteurs classiques, au style plus sentencieux et moralisateur. Les proverbes « vulgaires », au contraire, sont le fruit d'une élaboration collective et conservent un caractère d'anonymat. Le cloisonnement entre ces deux catégories n'a cependant rien d'un système : certaines formules peuvent appartenir aux deux genres et maints dictionnaires les mélangent. Nous avons dans le présent travail privilégié les proverbes appartenant aux expressions populaires, sans exclure totalement les citations quadrisyllabiques ni les maximes empruntées aux auteurs anciens (Confucius, Laozi, Mencius, Zhuangzi). Si l'écart entre formulation « orale » et style classique n'est pas perceptible en traduction, les proverbes dont la source est indiquée relèvent pour la plupart du second genre.

Certains proverbes reprennent des expressions empruntées aux textes classiques et aux histoires dynastiques. Plus explicites, ces dictons effacent le caractère allusif, compréhensible par référence à un contexte. L'expression « Fil d'araignée et traces de fourmis », qui désigne les menus indices produits par tout acte ou tout phénomène, devient dans sa forme popularisée : « L'araignée en grimpant laisse un fil, les fourmis laissent des traces de pattes », dont la formulation requiert seize caractères (c'est-à-dire seize syllabes) au lieu de quatre. De plus, nombre de proverbes sont construits en deux parties parallèles, rimant le plus souvent. Cette composition, calquée sur les distiques de la poésie ancienne, relève du procédé stylistique le plus fréquemment utilisé dans la littérature. Les inscriptions oraculaires, au IIe millénaire avant notre ère, livrent les prémices d'un style d'écriture appelé à traverser toute la civilisation chinoise[4]. L'expression parallèle définit deux niveaux de la métaphore et marque le passage de l'implicite à l'explicite. Cette structure symétrique, privilégiant le double par rapport au singulier, et que l'on observe aussi bien dans l'architecture, la poésie et le théâtre, autorise les renversements de formulation. Certains proverbes peuvent s'énoncer de deux manières, par inversion des propositions : « La maladie entre par la bouche, le malheur sort par la bouche » admet qu'on intervertisse les deux termes ; toutefois, dans la plupart des cas, la progression logique rend ce renversement délicat. Les proverbes populaires possèdent ainsi une formulation plus souple que les proverbes classiques et connaissent différentes variantes[5].

Il faut encore évoquer un type particulier de locutions, les *xiehouyu* (littéralement, paroles dont la

4. Léon Vandermeersch, « Les origines divinatoires de la tradition chinoise du parallélisme littéraire », in *Extrême-Orient, Extrême-Occident,* Parallélisme et appariement des choses, n° 11, 1989.

5. Bien des proverbes sont construits sur une formulation identique : « Sans maladie on a le corps léger » *(Wu bing yi shen qing)* ; « Sans affaires on a le corps léger » *(Wu shi yi shen qing)* ; « Sans dettes on a le corps léger » *(Wu zhai yi shen qing)*, dans lesquels seul un mot change à chaque fois.

suite est arrêtée) : il s'agit d'expressions dont la seconde partie peut être suspendue, voire omise. Ces formules alambiquées jouent sur les liens implicites qu'une première proposition suggère. L'expression « Les Huit Immortels traversent la mer » sous-entend que dans une entreprise commune « chacun donne le meilleur de lui-même ». La première partie permet de suspendre l'énonciation de la seconde. Cette figure de rhétorique, proche de ce que l'on appelle dans notre vocabulaire savant l'aposiopèse, ou réticence, se complique encore lorsque la seconde phrase, jouant sur les homophonies de la langue, laisse entendre un mot pour un autre, produisant alors un calembour difficilement traduisible. La locution « Le moine ouvre son ombrelle : ni cheveux ni ciel », loin d'être une allégorie poético-religieuse, est en réalité à entendre au sens de « sans foi ni loi », en vertu de l'homophonie prévalant entre cheveux et lois *(fa)* ; jeu de mots tiré par les cheveux, que Mao aurait, dit-on, utilisé pour se dépeindre[6]. Ces quasi-proverbes à double sens forment un corpus à part, employé de manière ludique, qui serait, *mutatis mutandis*, l'équivalent de nos contrepèteries.

Maximes délivrant une règle de conduite, préceptes destinés à fixer le cours des choses, sentences impliquant un jugement, les proverbes constituent à leur manière le *vade mecum* mental et presque inconscient des comportements sociaux et des mentalités. L'Occident a beau juger que quelqu'un est « trop poli pour être honnête », on préfère en Chine penser qu'« on ne vous en voudra jamais d'être trop poli ».

6. *Heshang da san : wufa wu tian* ; littéralement : « Le moine ouvre son ombrelle : sans cheveux/lois et sans ciel. »

Ces renversements de jugement traduisent les différences d'appréciation morale et sociale que chaque culture porte sur la réalité. Ainsi, lorsqu'un quotidien français, interrogeant l'un des plus importants représentants de la communauté chinoise de Paris, lui demande s'il ne souhaite pas briguer un mandat d'élu municipal, celui-ci répond : « Je me méfie des cochons trop gras, c'est toujours eux que l'on finit par manger en premier[7]. » Gageons que cette réponse métaphorique se calque sur le proverbe : « L'homme craint de devenir célèbre et le cochon d'être gras » ; c'est alors, en effet, que les ennuis commencent.

Inscrits dans une culture, les proverbes chinois exhibent les personnages les plus fameux de la tradition nationale : Zhuge Liang, Liu Bei, Cao Cao, ces héros de la période des Trois Royaumes (220-280), sont devenus, grâce au théâtre, au roman, au cinéma et aux proverbes, des figures emblématiques de la sinité. Même traduits en chinois, les proverbes d'autres cultures expriment une tonalité affective *(Stimmung)* différente, mettant en jeu un autre registre de passions et de métaphores. Reflets et vecteurs des mentalités, les proverbes évoluent avec leur époque. La période maoïste s'est efforcée d'extirper du langage les proverbes empreints de fatalisme ou qui rabaissaient les femmes et le peuple travailleur. On a tenté de leur substituer des proverbes destinés à chanter les louanges du nouveau régime. « En buvant l'eau du puits, n'oubliez pas ceux qui l'ont creusé ; ceux qui ont été émancipés ne doivent pas

7. Sylvie Levey, interview de M. Bounmy Rattanavan, « Monsieur Tang, XIIIe dragon d'Asie », in *Libération*, 27 juillet 1995, p. 40.

oublier le parti communiste.[8] » Ces proverbes tombent à leur tour dans l'oubli au profit de maximes plus générales et, partant, universelles. Lorsque le proverbe chinois remarque : « S'il n'y avait pas de montagnes, les plaines n'apparaîtraient pas », il rejoint un lieu commun de la philosophie depuis Descartes (Méditation cinquième) jusqu'à Husserl. Les maximes ont d'ailleurs le génie de s'adapter au divers des situations. Certaines sont parfaitement antithétiques, donnant raison au dicton : « Sur dix proverbes cinq sont vrais. »

Les quelque quinze cents proverbes présentés ici et classés en dix-neuf rubriques sont extraits de diverses anthologies publiées ces dernières années en Chine ; la plus importante contient plus de quatorze mille citations[9]. Les proverbes agricoles ou relatifs au

8. *Chishui buwang wajingren, fanshe buwang gongchandang.* Proverbe officiel, sous forme de slogan, qui empruntait sa première partie à une maxime traditionnelle.

9. Citons : Cao Congsun (sous la dir. de), *Zhongguo suyu xuanshi* (« Anthologie annotée d'expressions populaires »), Chengdu, Sichuan jiaoyu, 1985 ; Chen Qifu (sous la dir. de), *Ru Fo Dao mingyan cidian* (« Dictionnaire de citations du confucianisme, du bouddhisme et du taoïsme »), Zhengzhou, Henan renmin, 1994 ; Geng Wenhui (sous la dir. de), *Zhonghua yanyu dacidian* (« Grand Dictionnaire des proverbes de la Chine »), Shenyang, Liaoning renmin, 1991 ; Li Qingjun, *Yanyu fenlei cidian* (« Dictionnaire thématique des proverbes »), Hefei, Huangshan shushe, 1991 ; Ren Guanhua *et al.*, *Zhongguo gudai geyan cidian* (« Petit Dictionnaire de maximes chinoises classiques »), Xi'an, Shânxi renmin, 1988 ; Wang Qin, *Yanyu xiehouyu gailun* (« Introduction aux proverbes et aux expressions en deux parties »), Changsha, Hunan renmin, 1980 ; Xu Zongcai, Ying Junling, *Changyong suyu shouce* (« Manuel des expressions populaires usuelles »), Pékin, Presses de l'Institut des langues de Pékin, 1985 ; Zhang Luyuan, Hu Shuangbao (sous la dir. de), *Gu yanyu cidian* (« Dictionnaire des proverbes classiques »), Pékin, Beijing chubanshe, 1990 ; Zhang Yi

temps, qui représentent un genre à part, ont été laissés de côté. Un tel choix relève naturellement de la plus parfaite subjectivité et ne saurait nullement prétendre à être exhaustif. D'autres anthologies existent dans ce domaine[10] ou restent à faire. Chaque proverbe est suivi, à défaut des caractères chinois, de sa transcription selon le système *pinyin*, ce qui permet, le cas échéant, de rétablir l'original. Puissent ces proverbes élargir notre imaginaire, à la manière des *Stèles* de Victor Segalen, dont au moins une pièce s'inspire d'un proverbe quadrisyllabique[11], aux antipodes des aphorismes apocryphes qui circulent le plus souvent.

Je tiens à exprimer ici ma gratitude à M. Victor Malka, journaliste et professeur d'hébreu à l'université Paris X-Nanterre, auteur dans cette même

---

(sous la dir. de), *Changyong yanyu cidian* (« Dictionnaire des proverbes usuels »), Shanghai cishu, 1887 ; Zhu Anqun, *Gu jin yanyu* (« Proverbes anciens et modernes »), Nanchang, Jiangxi renmin, 1981.

10. Voir Anonyme, *A Treasory of 4 000 chinese Proverbs with chinese Explications and Translations*, Pékin (?), 1942 ; Département des langues occidentales de l'Université de Pékin, *Dictionnaire chinois-français des locutions et proverbes*, Pékin, Beijing chubanshe, 1979 ; Patrick Doan *et al.*, *Dictionnaire chinois-français de catachrèses quadrisyllabiques*, Pékin, Institut des langues, 1982 ; Bernard Ducourant, *Sentences et proverbes de la sagesse chinoise*, Paris, Albin Michel, 1995.

11. Proverbe *Fushui nan shou* (littéralement : « L'eau renversée est difficile à rattraper » ; poème *Mon amante a les vertus de l'eau*, *in* Victor Segalen, *Stèles*, présenté par Simon Leys, Orphée/La Différence, 1989, p. 72. Voir aussi Shuhsi Kao, « Écriture et imaginaire idéogrammatique chez Segalen », in *Victor Segalen*, université de Pau et des pays de l'Adour, Cahiers de l'université, n° 11, s. d., t. 1, p. 57-79.

collection des *Proverbes de la sagesse juive*, sans le soutien duquel ce livre n'aurait jamais vu le jour. Mes remerciements vont également à Mlle Isabelle Creusot, attachée de presse aux Éditions du Seuil, et à M. Jean-Louis Schlegel, directeur de cette collection, qui ont tous deux manifesté leur intérêt pour ce projet et m'ont encouragé tout au long de ce travail.

CHAPITRE 1

Les phénomènes du monde

« Un état de choses parvenu à son point ultime se transforme. » *(Wu qiong ze bian.)*

❊

« Un état de choses parvenu à son point extrême se retourne en son contraire. » *(Wu ji ze fan.)*

❊

« La chaleur à son extrême engendre le vent, le bonheur à son extrême engendre la tristesse. » *(Reji shengfeng, leji shengbei.)*

❊

« Trop de glu ne colle plus, trop de sucre n'adoucit plus. » *(Jiaoduo bunian, tangduo butian.)*

❊

« Parmi les dix mille êtres, l'homme est le plus prodigieux. » *(Ren yi wanwu weiling.)*

(Shangshu [« Livre des documents »], chap. « Taishi ».)

❊

« Eau et feu sont incompatibles. » *(Huoshui buxiangrong.)*

❊

« Une étincelle peut mettre le feu à la plaine. » *(Xingxing zhihuo, suicheng liao yuan.)*

❊

« Une fleur ne peut embaumer dix mille *li* à la ronde. » *(Yiduo hua buneng xiang wanli.)*

(L'influence d'une personne a des limites.)

❊

« Les derniers venus seront au-dessus. » *(Houlaizhe jushang.)*

❊

« Les années funestes n'ont jamais empêché les années prospères. » *(Suiyou xiongsui, biyou feng-nian.)*

❊

« La feuille tombée retourne à sa racine. » *(Luoye guigen.)*

(Proverbe bouddhique : chaque chose retourne à son principe originel.)

❊

« Le pavillon au bord de l'eau voit la lune en premier. » *(Jinshui loutai xian deyue.)*

❊

« Près d'un grand arbre, on ne manque jamais de combustible. » *(Yizhe dashu buque chai.)*

❊

« La maison tournée vers le soleil est chauffée la première. » *(Xiangyang de fangzi xian denuan.)*

⁂

« S'il n'y avait pas de montagnes, les plaines n'apparaîtraient pas. » *(Meiyou gaoshan, buxian pingdi.)*

⁂

« Ce qui touche au vermillon vire au rouge, ce qui touche à l'encre vire au noir. » *(Jinzhuzhe chi, jinmozhe hei.)*

⁂

« Tant que le vent ne souffle pas, l'herbe ne bouge pas. » *(Feng budong, cao buyao.)*

⁂

« Une plume de coq peut aussi s'envoler vers le ciel. » *(Jimao yeneng feishangtian.)*

⁂

« Même avec des ailes plantées dans le dos, il est difficile de s'envoler. » *(Chachi nanfei.)*

⁂

« S'être envolé sans ailes. » *(Buyi er fei.)*

(Une disparition inexplicable ; s'emploie souvent à propos d'objets volés.)

⁂

« Quand il y a trop d'étoiles dans le ciel, on ne voit pas la lune. » *(Tianshang xingduo yue buming.)*

⁂

« Je sais seulement que la glace c'est de l'eau, ne me demandez pas comment elle le devient. » *(Danzhi bing shishui, xiuwen shui chengbing.)*

❊

« Tant que bébé ne pleure pas le sein ne gonfle pas. » *(Wazi buku, nai buzhang.)*

❊

« On ne fond pas une bonne épée avec du mauvais fer. » *(Lietie zenneng chouzao liangjian.)*

❊

« Si fin soit-il, le cheveu aussi a une ombre. » *(Toufa suixi, yeyou yingzi.)*

❊

« Plumes de poulet et pelures d'oignon. » *(Jimao suanpi.)*

(Des broutilles.)

❊

« D'un mauvais bambou peuvent sortir de bonnes pousses. » *(Huaizhu yeneng chu haosun.)*

❊

« Une fois dans une poêle, le soja ne germe plus. » *(Chaodou fabuliao ya.)*

❊

« La pivoine, si belle soit-elle, a besoin de son feuillage. » *(Mudan suihao, quanzhang lüye fuchi.)*

❊

« Des lentilles d'eau qui se heurtent. » *(Pingshui xiangfeng.)*

(Une rencontre fortuite.)

❊

« Une jolie fleur sortie de la fange. » *(Haohua cong nituli chulai.)*

❊

« L'amadouvier magique ne pousse pas sur un tas de fumier. » *(Fenduishang buzhang lingzhicao.)*

❊

« Sans terre ni boue, les plantes ne pousseraient pas du tout. » *(Meiyou nitu, zhangbuchu huamu.)*

❊

« L'eau de puits ne produit pas de poisson, l'arbre sec ne donne pas de fleurs. » *(Jingshui busheng yu, kushu bukai hua.)*

❊

« Plus une eau est pure, moins elle a de poissons. » *(Shui yueqing, yu yueshao.)*

❊

« L'eau du puits ne souille pas l'eau du fleuve. » *(Jingshui bufan heshui.)*

❊

« La rosée n'étanche pas la soif. » *(Lushui jiebuliao ke.)*

❊

« Une baguette est facile à casser, dix baguettes sont dures comme fer. » *(Yigen kuaizi rongyi zhe, shigen kuaizi yingru tie.)*

❊

« Le dur se casse facilement, le souple se garde longtemps. » *(Gang ze yizhe, rou ze changcun.)*

❊

« Un tout petit caillou peut briser une grande jarre. » *(Xiaoxiao shitou, dahuai dagang.)*

❊

« En eau peu profonde on ne verra pas de grands bateaux. » *(Shuiqian burong dazhou.)*

❊

« L'or rouge a aussi une ombre noire. » *(Chijin de yingzi yeshi heide.)*

❊

« L'eau de mer est naturellement salée, l'eau de rivière est naturellement douce. » *(Haishui zixian, heshui zidan.)*

❊

« Quand on arrache un navet il reste un trou. » *(Bale luobo keng'r zai.)*

(Chaque action laisse une trace.)

❊

« C'est le puits qui est tombé dans le seau. » *(Jingluo zai diaotongli.)*

(Un événement impossible qui s'est réalisé.)

❊

« Trois dés, mais dix-neuf faces. » *(Sange touzi, shijiuge wo.)*

(Une chose improbable qui se réalise.)

❊

« On ne regarde pas les couleurs sous une lampe. » *(Dengxia buguan se.)*

❊

« La langue bute toujours sur la dent qui fait mal. » *(Shetou zongshi pengzhe tongya.)*

❊

« Quand on écrit trois fois le même mot, poisson devient poison, empereur devient emprunteur. » *(Shu sanxie, yu cheng lu, di cheng hu.)*

(Littéralement : « En réécrivant trois fois, *poisson* devient *grossier, empereur* devient *tigre.* »)

❊

« Si perçante soit la vue, on ne se voit jamais de dos. » *(Yanjing zailiang ye kanbujian ziji de jibei.)*

❊

« Si long soit le cou, il ne dépasse jamais la tête. » *(Bozi zaichang, gaobuguo bozi.)*

❊

« Quand vous marchez la nuit, ne posez pas le pied sur ce qui est blanc. » *(Yexing mo tabai.)*

(La nuit, l'eau et les pierres sont de la même couleur.)

❊

« Ne dormez jamais sur de la pierre l'été. » *(Xia bushui shi.)*

(La pierre accumule la chaleur mais refroidit vite.)

❊

« Un seul pan de mur n'arrête pas le vent qui souffle de tous côtés. » *(Yidu qiang nandang bamian feng.)*

❊

« Dans une même jarre on ne fermente pas deux alcools, et un même arbre donne difficilement deux sortes de fleurs. » *(Yigang niangbuchu liangzhong jiu, yishu nankai liangyang hua.)*

❊

« Sur un même arbre ne poussent jamais deux sortes de fleurs. » *(Yiban shushang wuyou liangban hua.)*

❊

« La montagne c'est la montagne, l'eau c'est l'eau. » *(Shan shishan, shui shishui.)*

(Des réalités différentes.)

❊

« L'un pèse une demi-livre, l'autre huit onces. » *(Yige banjin, yige baliang.)*

(Deux mesures équivalentes. Proverbe employé pour qualifier deux individus de même acabit.)

❊

« Une branche tordue a toujours une ombre courbe. » *(Wanbing de zhitiao, biyou wanqu de yingzi.)*

❊

« Près d'un grand arbre les pousses ne s'épanouissent pas. » *(Aizhe dashu buzhang miao.)*

❊

« Près d'un grand arbre on échappe au givre. » *(Aizhe dashu buzhao shuang.)*

❊

« Le givre peut faire mourir un brin d'herbe isolé, mais la tempête ne peut renverser une forêt. » *(Hanshuang dasi dangencao, kuangfeng chuibudao dasenlin.)*

❊

« Quand le givre vient s'ajouter à la neige. » *(Xue-shang gengjia shuang.)*

❊

« La neige, si épaisse soit-elle, n'écrase jamais la montagne. » *(Xueda yabuzhu gaoshan.)*

❊

« Cent ne font pas beaucoup, mais un ce n'est pas rien. » *(Bai buwei duo, yi buwei shao.)*

❊

« Les vagues nouvelles sur le Yang-tsé Kiang chassent les anciennes. » *(Changjiang houlang cui qianlang.)*

(Décrit le flot ininterrompu des générations.)

❊

« Une hache ne permet pas de tailler son propre manche. » *(Futou buneng xiao ziji de bing.)*

❊

« Tout fleuve a deux rives, toute affaire a deux faces. » *(He you liang'an, shi you liangmian.)*

❋

« Avec un coup de tonnerre on n'a pas le temps de se boucher les oreilles. » *(Jilei buji yan er.)*

❋

« Un coup de tonnerre dans un ciel serein. » *(Qingtian pili.)*

❋

« L'eau qui bout ne fait pas de bruit, l'eau qui bruit ne bout pas. » *(Kaishui buxiang, xiang shui bukai.)*

❋

« Même si le coq ne chantait pas, le jour se lèverait. » *(Ji bujiao, tian yeliang.)*

❋

« Aucun des dix doigts n'a la même longueur. » *(Shige zhitou bu yiban qi.)*

❋

« Les vagues ne se lèvent pas s'il n'y a pas de vent. » *(Wu feng buqi lang.)*

❋

« Une petite pluie peut apaiser un grand vent. » *(Xiaoyu keyi zheng dafeng.)*

❋

« Par le chas d'une aiguille s'engouffrent des boisseaux de vent. » *(Zhenbida de kong, douda de feng.)*

❋

« Malgré sa taille une petite cheville de bois peut remettre d'aplomb une pagode. » *(Xiezi suixiao nengzhengta.)*

❊

« Chaque homme a un visage différent. » *(Yiren yixiang.)*

❊

« La lumière d'une luciole n'éclaire pas beaucoup. » *(Yinghuo zhiguang, zhaoren buliang.)*

❊

« Il n'y a pas de rosée qui ne mouille les souliers. » *(You lushui meiyou bushi xiede.)*

❊

« Là où il y a du sucre, il y a des fourmis. » *(Youtang jiuyou yi.)*

❊

« Lorsque la source est trouble, ce qui en sort l'est aussi. » *(Yuan zhuo, liu yehun.)*

❊

« L'or véritable ne craint pas le feu. » *(Zhenjin bupa huo.)*

CHAPITRE 2

Le temps

« Les champs de mûriers se changent en vaste océan, le vaste océan se change en champs de mûriers. » *(Sangtian bian canghai, canghai bian sangtian.)*

(Le monde se transforme.)

❊

« On ne peut retenir le printemps captif dans son jardin. » *(Chunse manyuan guanbuzhu.)*

(Vers de Ye Shaoweng, poète Song.)

❊

« La vie d'un homme est comme un coursier blanc passant devant un interstice. » *(Rensheng ru baiju guo xi.)*

(Zhuangzi, chap. XXII.)

(Fugacité de l'existence)

❊

« La vie est comme un rêve. » *(Rensheng ru meng.)*

(Vers de Su Dongpo [1037-1101], poème Chibi huaigu [« Nostalgie à la falaise rouge »].)

❊

« Le temps passe comme une flèche, les mois et les jours filent comme une quenouille. » *(Guangyin s… jian, ri yue ru suo.)*

❊

« Un cycle de soixante ans passe en un instant. » *(Shijian jiazi xuyu shi.)*

❊

« Les années et les mois n'attendent personne. » *(Suiyue budai ren.)*

❊

« Les années ne me sont plus données. » *(Sui bu wo yu.)*

(Confucius, Entretiens, XVII, 1.)

❊

« Trois pieds de glace ne se font pas en un jour de froid. » *(Bingdong sanchi, fei yiri zhihan.)*

❊

« Vieux ou pas vieux, c'est chacun qui le sait. » *(Lao bulao, ziji xiao.)*

❊

« Dame Xu est vieille à demi mais elle est bien conservée. » *(Xuniang banlao, fengyun youcun.)*

(Se dit d'une femme d'âge mûr restée séduisante. Allusion à une concubine de l'empereur Yuan, des Liang.)

❊

« L'homme à trente ans est dans la fleur de l'âge. » *(Rendao sanshi hua zhengwang.)*

❊

« Dans la vie d'un homme on ne compte que les trente premières années. » *(Rensheng danjiang qian sanshi.)*

❋

« Pour un homme à la moitié de sa vie, les dix mille choses s'arrêtent. » *(Rendao zhongnian, wanshi xiu.)*

❋

« A quarante-quatre ans les yeux vous piquent. » *(Sishisi, yan shengci.)*

❋

« L'homme de quarante-cinq ans est comme un tigre hors de sa montagne. » *(Rendao sishiwu zhengru chushan hu.)*

❋

« L'homme de cinquante ans connaît les décrets du ciel. » *(Rendao wushi zhi tianming.)*

(Phrase inspirée par Confucius, *Entretiens*, II, 4 : « A quinze ans je dirigeais ma volonté sur l'étude, à trente je me tenais droit, à quarante je ne me laissais pas abuser, à cinquante je connaissais les décrets du ciel, à soixante mes oreilles [entendaient ce qui allait] dans le bon sens, [aujourd'hui] à soixante-dix ans, je suis les désirs de mon cœur sans transgresser les règles. »)

❋

« Les trente premières années se passent à ne pas pouvoir se réveiller, les trente suivantes à ne pas pouvoir s'endormir. » *(Qian sanshinian shuibuxing, hou sanshinian shuibuzhao.)*

❋

« Si à trente ans vous n'avez pas connu la gloire, si à quarante ans vous n'êtes pas riche, vous n'aurez plus qu'à vous suicider à cinquante. » *(Sanshi burong, sishi bufu, wushi kankan xunsilu.)*

❊

« A cinquante ans ne plantez plus d'arbres, à soixante ne construisez plus de maison. » *(Wushi buzhongshu, liushi bugaifang.)*

❊

« Si dans la jeunesse une année vous sépare, même vieux vous n'aurez jamais le même âge. » *(Xiaoshi cha yisui, dashi butong nian.)*

❊

« Le vieux coursier harassé dans l'écurie aspire aux cavalcades de mille *li* ; le héros reste un brave, même au crépuscule de sa vie. » *(Laoji fuli, zhizai qianli, lieshi munian, zhuangxin buyi.)*

(Vers de Cao Cao [155-220], homme politique et poète sous les Trois Royaumes.)

❊

« A trois ans on peut déjà se montrer vieux. » *(Sansui zhi lao.)*

❊

« La fleur fraîche se fane facilement, le pin, même vieux, reste toujours vert. » *(Hua xian yiluo, song lao changqing.)*

❊

« Le seigneur Jiang n'a connu le roi Wen qu'à quatre-vingts ans. » *(Taigong bashi yu Wenwang.)*

(Rester utile à un âge avancé. Jiang Taigong, personnage du roman *Fengshen yanyi* [« L'Investiture des dieux »], a secondé le roi Wen dans sa lutte contre le tyran Zhou, à la fin de la dynastie Shang.)

❊

« Ne passez pas vos journées dans l'oisiveté, la jeunesse ne revient jamais. » *(Bairi mo xianguo, qingchun bu zailai.)*

❊

« Un pouce de temps, c'est un pouce d'argent. » *(Yicun guangyin, yicun jin.)*

❊

« Il y a de longues nuits qui semblent de petites années. » *(Changye ru xiaonian.)*

❊

« La nuit paraît courte dans le plaisir, les veilles semblent longues dans la solitude. » *(Huanle xian ye duan, jimo hen geng chang.)*

❊

« Un événement heureux n'intervient pas dans la précipitation. » *(Haoshi buzai mangli.)*

❊

« Sur une route de cent *li*, à quatre-vingt-dix on n'en est qu'à la moitié. » *(Xing baili zhe, ban jiushi.)*

❊

« Pour bien faire, mille jours ne sont pas suffisants, pour faire mal, un jour suffit amplement. » *(Zuohao qianri buzu, zuohuai yichao youyu.)*

⁂

« La cigale ne connaît ni le printemps ni l'automne. » *(Huigu buzhi chunqiu.)*

(Zhuangzi, chap. I.)

⁂

« Le chant des cigales n'est pas fini que les oies sauvages volent en rangs. » *(Chansheng you weiduan, guyan zao chenghang.)*

(Le cycle des saisons.)

⁂

« Lorsque le pêcher fleurit, la fleur d'abricotier se fane ; lorsque la pivoine fleurit, la pivoine du jardin se flétrit. » *(Taohua kai, xinghua bai, shaoyaohua kai, mudanhua bai.)*

⁂

« A la bonne saison les jujubes sont rouges naturellement. » *(Zao dao jijie ziran hong.)*

⁂

« La fête de la Clarté pure annonce encore dix jours de froid. » *(Guole Qingming haileng shitian.)*

(Proverbe sur le temps. La fête de la Clarté pure, au début du mois d'avril, est la traditionnelle fête des Morts.)

⁂

« Dans l'année craignons la mi-automne, dans le mois craignons le quinzième jour. » *(Nian pa zhongqiu, yue pa ban.)*

(Dans un cas, l'année est bientôt finie, dans l'autre, le mois entre dans sa seconde moitié : signes annonciateurs de déclin.)

❊

« Au printemps la pluie est plus précieuse que l'huile. » *(Chunyu guiru you.)*

❊

« Le champ est le maître, l'homme est son invité. » *(Tian shi zhuren, ren shi ke.)*

❊

« Il y a des biens qui durent mille ans, mais pas de propriétaires pour mille ans. » *(You qiannian chan, mei qiannian zhu.)*

❊

« En mille ans un terrain connaît huit cents propriétaires. » *(Qiannian tiandi babai zhu.)*

❊

« Attendre les Song pour parler des Tang. » *(Tangchao dehua, dao Song caishuo.)*

(Des propos dépassés. La dynastie Tang [618-907], précède d'un demi-siècle la fondation des Song [960-1279].)

❊

« Une fleur ne reste jamais rouge cent jours. » *(Hua wu bairi hong.)*

❊

« La fleur se fane et on n'y peut rien. » *(Wukenaihe hua luoqu.)*

❊

« Mieux vaut arriver au bon moment qu'arriver trop tôt. » *(Laidezao buru laideqiao.)*

⁂

« Il y a un temps pour pêcher et un temps pour sécher les filets. » *(You laoyu de shihou, you shaiwang de shihou.)*

⁂

« L'arbre est déjà devenu un bateau. » *(Mu yicheng zhou.)*

(Une situation irréversible.)

⁂

« Le sterculier a perdu sa première feuille, et tout l'empire sait que l'automne arrive. » *(Wutong luo yiye, tianxia jinzhi qiu.)*

(Inférer un événement à partir de minces indices.)

CHAPITRE 3

Le destin

« Vie et mort dépendent du destin. » *(Shengsi you ming.)*

(Confucius, Entretiens, XII, 5.)

❊

« Les dix mille choses procèdent du destin, pas la moitié d'une ne relève de l'homme. » *(Wanban jieshi ming, bandian buyou ren.)*

❊

« Il dépend de l'homme de faire des plans, il dépend du ciel de les accomplir. » *(Moushi zairen, chengshi zaitian.)*

❊

« Les grands bonheurs viennent du ciel, les petits bonheurs viennent de l'effort. » *(Dafu you tian, xiaofu you qin.)*

❊

« Les mêmes ombrelles n'ont pas le même manche, les mêmes personnes n'ont pas le même destin. » *(Tongsan butong bing, tongren butong ming.)*

❊

« La naissance a son heure, la mort a son lieu. » *(Sheng youshi, si youdi.)*

❊

« Quand quelque chose marche, tout marche, quand quelque chose échoue, tout échoue. » *(Yishi jing, baishi jing ; yiwu cheng, baiwu cheng.)*

❊

« Le bonheur ne vient jamais deux fois, le malheur n'arrive jamais seul. » *(Fu wushuangzhi, huo budanxing.)*

❊

« Le bonheur ne se répète pas, le malheur revient toujours. » *(Fu buchongzhi, huo bichonglai.)*

❊

« Quand le malheur vous tombe sur la tête, il est trop tard pour regretter. » *(Huo dao lintou, huihou chi.)*

❊

« Resterait-on enfermé chez soi que le malheur pourrait venir du ciel. » *(Bimen wuli zuo, huo cong tianshang lai.)*

❊

« Paix et tranquillité, voilà le bonheur. » *(Ping'an jiushi fu.)*

❊

« Quand on est heureux on l'ignore, comme un bateau sur l'eau ignore le courant. » *(Ren zai fuzhong buzhi fu, chuan zai shuizhong buzhi liu.)*

❊

« Malheur et bonheur se touchent. » *(Huo yu fu weilin.)*

❋

« Malheur et bonheur sont difficiles à prévoir. » *(Huo fu nanliao.)*

❋

« Malheur et bonheur se suivent du jour au lendemain. » *(Danxi huofu.)*

❋

« Malheur et bonheur n'ont pas de porte, seuls les hommes les convoquent. » *(Huofu wumen, weiren suozhao.)*

(Zuozhuan, « Duc Xiang, 23e année ».)

❋

« Le malheur ne franchit pas la porte d'une famille prudente. » *(Huo buru shenjia zhimen.)*

❋

« Un bonheur aplanit cent malheurs. » *(Yifu ya baihuo.)*

❋

« Les femmes de grande beauté finissent souvent mal. » *(Zigu hongyan duo boming.)*

❋

« Celui qui a les oreilles plus pâles que le reste du visage sera connu dans tout l'empire. » *(Er bai yu mian, ming man tianxia.)*

(Prédiction faite par un moine au fameux lettré des Song, Ouyang Xiu [1007-1072].)

❊

« Celui qui a survécu à une catastrophe connaîtra la fortune. » *(Danan busi, biyou houfu.)*

❊

« Un fils idiot sera du moins exempté des corvées officielles. » *(Shengzi chi, liao guanshi.)*

❊

« Les imbéciles ont le bonheur des imbéciles. » *(Chiren ziyou chifu.)*

❊

« Le bonheur est du côté des gens laids. » *(Fu zai chouren bian.)*

❊

« Quand on embarque sur un navire ou qu'on chevauche au galop, on dépend pour trois dixièmes du destin. » *(Xingchuan zouma sanfen ming.)*

❊

« Le succès d'une famille dépend du destin de son chef. » *(Jiazhong baishi xing, quankao zhuren ming.)*

❊

« Quand une personne a de la chance, cela rejaillit sur toute la maison. » *(Yiren youfu, daiqie yiwu.)*

❊

« Les gens heureux n'ont pas besoin de se presser. » *(Youfu zhiren buzai mang.)*

*

« Les gens heureux sont servis, les gens malheureux servent. » *(Youfu zhiren, ren fusi, wufu zhiren, fusi ren.)*

*

« Deux lentilles d'eau sur la vaste mer finissent aussi par se rencontrer. » *(Dahai fuping, yeyou xiangfeng zhiri.)*

(Une rencontre prédestinée.)

*

« La montagne et l'eau finiront par se rencontrer un jour. » *(Shanshui shangyou xiangfeng zhiri.)*

*

« On peut user des semelles de fer et ne jamais se rencontrer, et on peut se rencontrer sans le moindre effort. » *(Tapo tiexie wumichu, delai quanbufei gongfu.)*

*

« Ceux qui ont des affinités peuvent se rencontrer même s'ils sont séparés par mille *li* ; sans elles même ceux qui vivent en vis-à-vis ne se connaîtront jamais. » *(You yuan qianli lai xianghui, wu yuan duimian bu xiangfeng.)*

(Phrase employée lors des rencontres amoureuses.)

*

« On se quitte facilement, on se revoit difficilement. » *(Bieshi rongyi, jianshi nan.)*

(Expression empruntée à un vers de Li Yu [937-978], empereur poète des Tang méridionaux.)

*

« Les riches n'en profitent jamais durant trois générations. » *(Fu wu sandai xiang.)*

*

« La divination sert à lever les doutes, mais à quoi servirait la divination si l'on n'avait aucun doute ? » *(Buyi jue yi, bu yi he bu.)*

(Zuozhuan, « Duc Xiang, 15e année ».)

*

« C'est quand on a de la malchance que l'on recourt à la voyance. » *(Daomei shang guatan.)*

*

« Si ça ne marche pas cette fois, la prochaine prédiction sera la bonne. » *(Shanggua buling, xiagua ling.)*

*

« Si l'on ne disait rien de bon en prédisant l'avenir, comment pourrait-on en vivre ? » *(Suanming bushuohao, mingjin nali tao.)*

*

« Les héros font leur époque, mais l'époque fait les héros. » *(Yingxiong zao shishì, shishì zao yingxiong.)*

CHAPITRE 4

Le discours

« Sur dix proverbes cinq sont vrais. » *(Shiju yanyu wuju zhen.)*

❊

« Les vieilles maximes font de bons médicaments, le vieux bois fait de bons pieds de banc. » *(Laohua zuode yao, laomutou zuode bandeng jiao.)*

❊

« Une bonne action ne sort pas de la maison, une mauvaise action se transmet à mille *li* à la ronde. » *(Haoshi buchumen, e'shi chuan qianli.)*

❊

« Si les noms ne sont pas corrects, les paroles ne vont pas dans le bon sens. » *(Ming buzheng er yan bushun.)*

(Confucius, Entretiens, XIII, 9.)

❊

« Les hommes parlent comme les hommes, les bêtes parlent comme les bêtes. » *(Ren you renyan, shou you shouyan.)*

❊

« Celui qui sait ne parle pas, celui qui parle ne sait pas. » *(Zhizhe buyan, yanzhe buzhi.)*

(Laozi, chap. LVI.*)*

❊

« Celui qui sait se taire en assistant à une partie d'échecs est vraiment un homme de bien, celui qui trinque et parle à tort et à travers est un homme de rien. » *(Guanqi buyu zhen junzi, bajiu duoyan shi xiaoren.)*

❊

« Paroles habiles n'égalent pas la vérité. » *(Qiaoyan buru lizhen.)*

❊

« Mille faussetés ne résistent pas à une vérité. » *(Qianxu budi yishi.)*

❊

« Un seul mensonge, et voilà le doute jeté sur cent affaires. » *(Yiyan bushi, baishi jiexu.)*

❊

« Un demi-mensonge suffit pour briser le bonheur d'une vie. » *(Banju xuyan, zhejin pingsheng zhifu.)*

❊

« Les paroles des hommes ne sont pas toujours vraies, en écouter trois dixièmes suffit. » *(Renyan weibi zhen, tingyan ting sanfen.)*

❊

« Parmi les paroles de l'insensé, le saint sait faire le tri. » *(Kuangfu zhiyan, shengren ze yan.)*

(Sima Qian, Shiji [« Mémoires historiques »].)

⁂

« Une route peut prendre mille directions, la vérité n'en connaît qu'une. » *(Lu you qiantiao, li you yitiao.)*

⁂

« La bouche de celui qui marche sur la route est comme une stèle. » *(Lushang xingren kou si bei.)*

(Les jugements que les gens colportent se gravent dans les esprits.)

⁂

« Empêcher la voix du peuple de s'exprimer serait pire que d'empêcher un fleuve de couler. » *(Fangmin zhikou, shenyu fangshui.)*

⁂

« La poussière ne ternit pas l'éclat d'un joyau. » *(Baoshi de guangcai, huichen mengbuzhu.)*

⁂

« Plus on moud la farine des vermicelles, plus ils sont fins ; plus on use de la parole, plus elle s'affine. » *(Mifen yuemo yuexi, yuyan yueyong yuejing.)*

⁂

« La langue est de chair, la vérité de fer. » *(Shetou shi roude, shishi shi tiede.)*

❋

« Trop de paroles tuent l'action. » *(Yanduo shangxing.)*

❋

« Des paroles blessantes font plus mal que des lances ou des piques. » *(Shangren zhiyan, qiangyu maoji.)*

❋

« Répétés trois fois, les mots deviennent fades comme l'eau. » *(Hua shuo sanbian, dan rushui.)*

❋

« Les meilleures paroles répétées trois fois ennuieraient même un chien. » *(Haohua sanbian gou yexian.)*

❋

« Trop de paroles ne console plus, trop de glu ne colle plus. » *(Hua duole butian, jiangzi duole bunian.)*

❋

« Les gens impatients parlent trop. » *(Zaoren ciduo.)*

(Yijing, Le Livre des mutations, chap. « XICI ».)

❋

« A trop parler on finit par se tromper. » *(Yanduo bishi.)*

❋

« Tout le monde aime la flatterie, chacun se méfie de la franchise. » *(Eyu renren xi, zhiyan gege xian.)*

❊

« Flatter procure le bonheur, parler directement c'est aller au malheur. » *(Eyu you fu, zhiyan gu huo.)*

❊

« Un seigneur imbécile est facile à flatter. » *(Sha gongzi, hao fengcheng.)*

❊

« Parlez de Cao Cao, et aussitôt il arrive. » *(Shuo Cao Cao, Cao Cao jiudao.)*

(Cao Cao, incarnation, selon l'éthique confucéenne, du cynisme en politique. Équivaut au proverbe français : « Quand on parle du loup… »)

❊

« Ne compter que sur son inusable langue de trois pouces. » *(Quanping sancun bulan zhishe.)*

(Un talent de persuasion.)

❊

« Une langue de trois pouces peut nuire à un corps de sept pieds. » *(Sancun she haizhe qichi shen.)*

❊

« La bouche est la porte du malheur. » *(Kou sh huo zhimen.)*

❊

« Mettre un bouchon dans sa bouche. » *(Shoukou ruping.)*

❋

« La langue apporte profit ou ruine, la bouche ouvre au bonheur ou au malheur. » *(She wei lihai zhiben, kou shi huofu zhimen.)*

❋

« Un oiseau de trois pouces avec un bec de sept pouces. » *(Sancun niao, qicun zui.)*

(Un beau parleur.)

❋

« La parole intervient pour huit dixièmes dans la ruine des familles et la mort des gens. » *(Rensheng sangjia wangshen, yanyu zhanle bafen.)*

❋

« Des maisons se renversent sans tuer personne, il est des langues qui se renversent et tuent largement. » *(Fang dao yabusha ren, shetou dao yasha ren.)*

❋

« La parole est une clef qui ouvre les cœurs. » *(Hua shi kaixin yaoshi.)*

❋

« De bonnes paroles passent comme la brise près des oreilles. » *(Haohua dangzuo erpangfeng.)*

❋

« Des paroles carrées n'entrent pas dans des oreilles rondes. » *(Fanghua bu ru yuan er.)*

❋

« La langue est coupante, mais les paroles doivent être arrondies. » *(Shetou shi biande, huashuo shi yuande.)*

⁂

« La bouche est le bourgeon du cœur. » *(Kou shi xinmiao.)*

⁂

« Mieux vaut les critiques d'un seul que l'assentiment de mille. » *(Qianren zhi nuonuo, buru yishi zhi e e.)*

(Sima Qian, Shiji [« Mémoires historiques »].)

⁂

« Un bon remède est amer en bouche, des paroles loyales sont désagréables aux oreilles. » *(Liangyao kukou, zhongyan ni er.)*

⁂

« Quand une parole est lâchée, même quatre chevaux seraient en peine pour la rattraper. » *(Yiyan jichu, sima nanzhui.)*

⁂

« Tant que les mots restent dans la bouche, ils sont à soi ; sitôt prononcés, ils sont à tout le monde. » *(Hua zai zuili, shuyu ziji, hua chukou, renjia suoyou.)*

⁂

« Les paroles une fois dites sont comme des montagnes. » *(Yan chu ru shan.)*

⁂

« Quand un grand homme a dit quelque chose, il ne change plus pour dix mille taëls. » *(Dazhangfu yiyan, wanjin buhuan.)*

⁂

« L'homme de bien ne se répand pas en rumeurs. » *(Junzi buchang liuyan.)*

⁂

« Un le transmet pour faux, dix mille autres le transmettent pour vrai. » *(Yiren chuan xu, wanren chuan shi.)*

(Wang Fu, Qianfu lun [« Propos d'un ermite »], chap. « Xiannan ».)

⁂

« Le premier le transmet à dix, les dix le transmettent à cent. » *(Yi chuan shi, shi chuan bai.)*

⁂

« Une palanche a été perdue à la porte de l'Est, à la porte de l'Ouest on parle déjà de rébellion. » *(Dongmen shi tiao biandan, Ximen shuo shi zaofan.)*

(Déformation de l'information.)

⁂

« Pas d'entremetteuses sans mensonges. » *(Wu huang bucheng mei.)*

⁂

« Sans mensonges, pas de procès. » *(Wu huang bucheng zhuang.)*

⁂

« Dire trois mensonges à chaque pas. » *(Yibu sange huang.)*

⁂

« Dire huit mensonges à chaque pas. » *(Yibu bage huang.)*

⁂

« Les jambes du mensonge ne vont pas loin. » *(Huangyan tui buchang.)*

⁂

« Une bonne action ne trompe jamais personne, tromper les gens est toujours une mauvaise action. » *(Haoshi bumanren, manren bu haoshi.)*

⁂

« Désigner un cerf et le faire passer pour un cheval. » *(Zhi lu wei ma.)*

⁂

« N'avoir rien fait qui ne puisse être dit aux autres. » *(Mei yishi buke dui ren yan.)*

⁂

« On ne ment pas devant une personne vraie. » *(Zhenren mianqian bushuo jiahua.)*

⁂

« Oser se fâcher mais sans oser le dire. » *(Gan nu bugan yan.)*

⁂

« Quand un matin on a compris la Voie, on peut mourir le soir. » *(Chao wendao, xi si ke yi.)*

(Confucius, Entretiens, IV, 8.)

⁂

« Une conversation avec vous vaut plus que dix années de lettres envoyées. » *(Yu jun yixi hua, sheng du shinian shu.)*

⁂

« Avec la moitié des *Entretiens* de Confucius on peut gouverner l'empire. » *(Ban bu* Lunyu *zhi tianxia.)*

⁂

« Si le monde n'avait pas engendré Confucius, l'Antiquité eût été une longue nuit. » *(Tianxia busheng Zhongni, wangu ru changye.)*

(Zhu Xi [1130-1200], Zhuzi yulei, [« Citations classées de maître Zhu »], chap. XCII.*)*

⁂

« L'univers ne parle pas, il emprunte la voie des Sages. » *(Tiandi buhui shuohua, qian ta shengren chulai shuo.)*

(Zhu Xi, Zhuzi yulei, chap. LXIX.*)*

⁂

« Il n'y a jamais eu depuis l'Antiquité quelqu'un qui fût capable d'un grand ouvrage alors que ses paroles n'étaient pas dignes de foi, ni quelqu'un qui tire un grand profit sans dépenser la moindre somme. » *(Zigu yilai, weiyou buxin qi yan er nengyou dagongzhe, yi weiyou bufei shaocai er nengshou dalizhe.)*

❊

« Ne pas prononcer trois phrases qui n'aient un lien avec son métier. » *(Sanju buli benhang.)*

❊

« Une bouche de Bouddha et un cœur de serpent. » *(Fokou shexin.)*

❊

« Un mort peut empester à un *li* à la ronde, certains vivants jusqu'à mille *li.* » *(Siren chou yili, huoren chou qianli.)*

❊

« Un nez trop grand écrase la bouche. » *(Bizi dale, yazhule zui.)*

(Ne pas s'exprimer par crainte de ses supérieurs.)

❊

« Ouvrir grand la fenêtre pour s'exprimer au grand jour. » *(Dakai tianchuang shuo lianghua.)*

❊

« On reconnaît un oiseau en écoutant son chant, on reconnaît un homme en écoutant ce qu'il dit. » *(Wenyin zhi niao, wenyan zhi ren.)*

❊

« Écoutez ses paroles et observez ses agissements. » *(Ting qiyan er guan qixing.)*

(Confucius, Entretiens, V, 10.)

❊

« Veut-on connaître ce qu'une personne a dans le cœur, il suffit d'écouter les mots qui sortent de sa bouche. » *(Yaozhi xinfushi, danting kouzhongyan.)*

✻

« Veut-on connaître ce qu'une personne a dans le cœur, il suffit d'écouter ce qu'on dit derrière son dos. » *(Yaozhi xinfushi, danting beihouyan.)*

✻

« On ne peut pas ne pas y croire, mais pas la peine d'y croire totalement. » *(Buke buxin, buke quanxin.)*

✻

« Celui qui ne parle ni ne rit ne connaît rien à la vie. » *(Bushuo buxiao, bucheng shidao.)*

✻

« Un homme qui n'a jamais rencontré la calomnie n'est pas un héros. » *(Lisheng wubang buyingxiong.)*

✻

« Il n'y a pas de mur qui ne laisse passer le vent. » *(Meiyou butoufeng deqiang.)*

✻

« La cloche est dans le monastère mais le bruit va au-dehors. » *(Zhong zai sili, sheng zai waibian.)*

✻

« La parole des enfants est une digue de sable. » *(Xiaohai dehua, shada deba.)*

❊

« La bouche d'un lettré répand ses invectives dans les quatre directions ; la bouche d'un moine mange dans les quatre directions ; la bouche d'une entremetteuse colporte ses ragots dans les quatre directions. » *(Xiucai kou, mapian sifang; heshang kou, chipian sifang, meipo kou chuanpian sifang.)*

❊

« Si l'on veut que personne ne le sache, le mieux est encore de ne rien faire ; si l'on veut que personne ne l'entende, le mieux est encore de ne rien dire. » *(Yu ren wuzhi, moruo wuwei ; yu ren wuwen, moruo wu yan.)*

❊

« Si vous ne voulez pas qu'on le sache, mieux vaut encore ne pas le faire. » *(Yao de ren buzhi, chufei ji buwei.)*

❊

« Le couvercle du cercueil fermé, le jugement sur quelqu'un devient définitif. » *(Gaiguan lunding.)*

CHAPITRE 5

La société

« Entre les quatre mers, tous les hommes sont frères. » *(Sihai zhinei jie xiongdi.)*

(Confucius, Entretiens, XII, 5.)

❊

« Que le seigneur agisse en seigneur, le vassal en vassal, le père en père, le fils en fils. » *(Jun jun, chen chen, fu fu, zi zi.)*

(Confucius, Entretiens, XII, 11.)

❊

« A sept ans, garçons et filles ne partagent plus la même table. » *(Qinian nannü butong xi.)*

(Liji [« Traité sur les rites »], chap. « Neize ».)

❊

« Ne pas fermer sa porte le soir ; ne pas ramasser ce qui est perdu sur la route. » *(Ye bubi hu, lu bushi yi.)*

(Une époque où règnent la sécurité et l'honnêteté.)

❊

« A cent *li* de distance, les modes changent, à mille *li* de distance, les mœurs changent. » *(Baili butong feng, qianli butong su.)*

❋

« Les gens de même métier sont rivaux. » *(Tonghang shi yuanjia.)*

❋

« Les trente-six corps de métiers se jalousent tous entre eux. » *(Sanshiliuhang, hanghang xiangji.)*

❋

« Les métiers sont comme séparés par des montagnes. » *(Gehang ru geshan.)*

❋

« On rencontre des champions dans toutes les professions. » *(Sanbailiushihang hanghang chu zhuangyuan.)*

❋

« Un spécialiste ne parle pas en amateur. » *(Hangjia moshuo liba hua.)*

❋

« Sans responsabilités on se sent le corps léger. » *(Wushi yishen qing.)*

❋

« Il ne serait pas convenable d'introduire chez soi des fleurs du mal. » (*Xiehua buyi ruzhai.)*

(L'expression désigne les courtisanes.)

❋

« Une femme sans talent est une femme vertueuse. » *(Nüzi wucai bian shi de.)*

(Phrase devenue un cliché pour stigmatiser la condition féminine dans l'ancienne société.)

❊

« Un acteur même revêtu de la tunique impériale ne fait pas un empereur. » *(Xizi chuanshang longpao, chengbuliao huangdi.)*

❊

« Pas de théâtre sans bouffons. » *(Lile xiaochou bucheng xi.)*

❊

« On ne fait pas figurer le chœur sur la scène. » *(Bangqiang shangbuliao tai.)*

❊

« Certains sont seigneurs dès la naissance, d'autres restent esclaves à cent ans. » *(Yisui zhu, baisui nu.)*

❊

« Dans certaines cuisines il y a de la viande grasse, et dans les écuries, de gras chevaux. Le peuple, lui, a l'air famélique et les campagnes sont jonchées de cadavres d'hommes morts de faim. » *(Pao you feirou, jiu you feima, min you jise, ye you e'piao.)*

(Mencius, Mengzi, III, B.)

❊

« Le mendiant a encore trois amis pauvres. » *(Jiaohuazi yeyou sange qiong pengyou.)*

❊

« Ni moine ni laïc. » *(Buseng busu.)*
(Une personne louche.)

❊

« Zhang le troisième a un cheval mais ne sait pas monter, Li le quatrième sait monter mais n'a pas de cheval. » *(Zhang San youma buhui qi, Li Si hui qi meiyou ma.)*

❊

« Ne pas écouter la parole des anciens, c'est se préparer à des souffrances pour demain. » *(Buting laoren yan, chiku zai yanqian.)*

❊

« Quand mille personnes prennent la route, il en faut une pour prendre la tête. » *(Qianren shanglu, yiren daitou.)*

❊

« Les voleurs ne passent pas dans une famille de cinq filles. » *(Dao buguo wunü zhimen.)*

(On reprochait aux filles d'appauvrir la famille.)

❊

« Les voleurs sont certes haïssables, mais leur intelligence peut surpasser celle de l'homme de bien. » *(Zei shi xiaoren, zhi guo junzi.)*

❊

« Il est plus facile d'être voleur pendant mille jours que de s'en prémunir pendant mille jours. » *(Zhiyou qianri zuozei, nayou qianri fangzei.)*

❊

« Un voleur qui a volé pendant trois ans l'avouera sans qu'on le frappe. » *(Zuozei sannian, buda zizhao.)*

⁂

« Une fille de bonne famille devrait épouser un homme de famille modeste. » *(Dajia guinü xiaojia qi.)*

(Une situation qui a ses avantages.)

⁂

« Le ciel tomberait qu'il y aurait quatre gaillards pour le retenir. » *(Tale tian, haiyou sige dahan fuzhe.)*

⁂

« Les choses lorsqu'elles quittent leur terroir sont chères, un homme quand il quitte son terroir est dévalué. » *(Wu lixiang gui, ren lixiang jian.)*

⁂

« Chacun préfère son pays natal. » *(Renren doushuo guxiang hao.)*

⁂

« Un brave ne craint pas d'être de condition modeste. » *(Haohan bupa chushen di.)*

⁂

« Voudrait-on que la Chine disparaisse à jamais, il faudrait faire disparaître les Hunanais. » *(Ruoyu Zhongguo zhen miewang, chufei Hunanren siguang.)*

(Le Hunan, province natale de Mao Tsé-toung, est célèbre pour le caractère combatif de ses habitants.)

⁂

« Quand les fautes vénielles sont punies, les fautes lourdes disparaissent. » *(Xiaocuo decheng, dacuo busheng.)*

❊

« Lorsqu'une affaire arrive en justice, dix familles sont bouleversées ; lorsqu'une personne va en prison, toute une famille éclate en sanglots. » *(Yishi daoguan, shijia qianchan ; yiren ruyu, yijia jinku.)*

❊

« L'administration est un océan sans fond, n'y entrez pas sans argent. » *(Yamen shensi hai, wuqian mo jinlai.)*

❊

« Les tribunaux de l'empire donnent vers le sud, mais sans argent, fût-ce votre droit, n'y entrez pas. » *(Tianxia yamen chaonan kai, youli wuqian mo jinlai.)*

❊

« Une fois qu'une plainte est déposée au tribunal, neuf buffles ne parviendraient pas à l'en extirper. » *(Yizi ru gongmen, jiuniu babuchu.)*

❊

« Le plaideur, loin d'avoir gain de cause, perd la face et écope de vingt coups de bâton. » *(Gaozhuang budelian, daoda ershiban.)*

CHAPITRE 6

Le rapport à l'autre

« Une rencontre est toujours le fruit d'un hasard céleste. » *(Xiangfeng zongshi tiangong qiao.)*

❊

« Un ami c'est une route, un ennemi c'est un mur. » *(Yige pengyou yitiao lu, yige yuanjia yidu qiang.)*

❊

« Il est plus facile de devenir amis au hasard d'une rencontre que de le rester dans la vie. » *(Xiangfeng yidehao, gongzhu nanweiren.)*

❊

« On peut avoir des relations dans le monde entier, mais combien a-t-on de véritables amis ? » *(Xiang jiao man tianxia, zhixin neng jiren.)*

❊

« Quelqu'un qui vous comprend, même au bout du monde, est comme un voisin. » *(Hainei cun zhiji, tianya ruo bilin.)*

(Vers d'un poème de Wang Bo [650-676].)

❊

« On rencontre difficilement des gens qui vous comprennent vraiment. » *(Zhiyin nanyu.)*

⁂

« Celui qui vient n'est pas gentil, celui qui est gentil ne vient pas. » *(Laizhe bushan, shanzhe bulai.)*

⁂

« Fréquenter des bons, c'est entrer dans une pièce avec des orchidées ; fréquenter des méchants, c'est entrer chez un poissonnier. » *(Yu shanren jiao, ru ru zhilan zhishi, yu e'ren jiao ru ru baoyu zhisi.)*

⁂

« Un ciel favorable vaut moins qu'une terre fertile, une terre fertile vaut moins que l'harmonie entre les hommes. » *(Tianshi buru dili, dili buru renhe.)*

(Mencius, Mengzi, II, A.)

⁂

« Chez soi on compte sur ses parents, dehors sur ses amis. » *(Zaijia kao fumu, chumen kao pengyou.)*

⁂

« Vous n'êtes pas en bons termes avec quelqu'un ? Conseillez-lui de se construire une maison. » *(Yu ren bumu, quanren zaowu.)*

⁂

« Au mois de mai, il est encore temps pour souhaiter la nouvelle année. » *(Youxin bainian, chongwu buchi.)*

⁂

« Craindre de rester séparés un an quand on éprouve des sentiments ? » *(Youqing hepa genian qi ?)*

❊

« Ceux qui éprouvent des sentiments finissent par devenir parents. » *(Youqingren zhongcheng juan-shu.)*

❊

« Une belle femme s'obtient difficilement deux fois. » *(Jiaren nan zaide.)*

❊

« Les sentiments entre individus sont comme le mouvement d'une scie : si l'un ne fait pas le premier pas, l'autre ne le fait pas non plus. » *(Renqing yibaju : ni bulai, wo buqu.)*

❊

« Les choses se rassemblent en classes, les hommes se divisent en collectivités. » *(Wu yilei ju, ren yiqun fen.)*

❊

« Moitié par les sentiments, moitié par les cadeaux. » *(Yiban renqing, yiban liwu.)*

❊

« Lorsque les circonstances changent, on reconnaît le cœur des gens. » *(Shibian zhi renxin.)*

❊

« Des amis pour faire la fête, on en trouve des milliers, mais dès que l'on tombe dans la misère, il n'y a plus personne. » *(Jiurou pengyou qiange you, luonan zhizhong wu yiren.)*

❊

« La route des ennemis est étroite. » *(Yuanjia luzhai.)*

❊

« Un jour sans se voir, c'est comme une séparation durant trois automnes. » *(Yiri bujian ru ge sanqiu.)*

(Shijing [« Classique de la poésie »], poème n° 72.)

❊

« Il est plus difficile de soumettre le cœur de l'homme que de dompter un fauve. » *(Mengshou yi fu, renxin nan jiang.)*

❊

« Quand on suit quelqu'un de bon on apprend à devenir bon, quand on suit un tigre on apprend à mordre. » *(Genzhe haoren xue haoren, genzhe laohu xue yaoren.)*

❊

« L'homme le plus affable peut devenir un fauve. » *(Nianren chu baozi.)*

❊

« Dans la panique, il n'y a plus d'homme de bien qui tienne. » *(Shi ji wu junzi.)*

❊

« Imitez autrui pour ses qualités tout en restant lucide sur vos insuffisances. » *(Cong ren zhiguo, er ming ji zhiduan.)*

(Wang Shouren, 1472-1528.)

❊

« Ce que l'on ne désire pas pour soi, il ne faut pas l'infliger aux autres. » *(Ji suo buyu, wu shi yu ren.)*

(Confucius, Entretiens, XV, 24.)

❋

« Dès l'instant que quelqu'un est venu, il faut le satisfaire. » *(Ji lai zhi, ze an zhi.)*

(Confucius, Entretiens, XVI, 1.)

❋

« On accueille un invité comme si on l'était soi-même ; en méprisant autrui, on se méprise soi-même. » *(Jianke ru weike, qingren hai ziqing.)*

❋

« Vous raccompagnerais-je mille *li*, il faudra bien se séparer. » *(Songjun qianli, zhongxu yibie.)*

(Formule lors d'une séparation entre amis.)

❋

« A la première rencontre, on est des inconnus, à la deuxième, on est déjà familiers. » *(Yihui sheng, erhui shu.)*

❋

« Celui qui aime les hommes, les hommes l'aiment ; celui qui respecte les hommes, les hommes le respectent. » *(Airenzhe, ren heng ai zhi ; jingrenzhe, ren heng ai zhi.)*

(Mencius, Mengzi, IV, B, 28.)

❋

« Les méchants seront punis par des méchants. » *(E'ren ziyou e'ren mo.)*

❊

« Vous désirez que les hommes vous aiment ? Commencez par les aimer. » *(Yu ren zhi aiji ye, bixian airen.)*

(Guoyu [« Discours des principautés »].)

❊

« Parmi les gens ne sollicitez que les vieux, parmi les choses ne sollicitez que les neuves. » *(Ren wei qiujiu, wu wei qiuxin.)*

(Shujing, Livre des documents, chap. « Pan Geng ».)

❊

« Pour les habits, rien ne vaut les neufs ; pour les amis, rien ne vaut les vieux. » (*Yi buru xin, ren buru jiu.)*

❊

« Plutôt être bien avec mille personnes que fâché avec une seule. » *(Ningyu qianren hao, moyu yiren chou.)*

❊

« Mieux vaut que les autres soient injustes envers moi, plutôt que d'être injuste envers les autres. » *(Ning ren fuwo, wu wo furen.)*

(Ye Ziqi, Caomuzi, Ming.)

❊

« Mieux vaut être injuste envers les autres, plutôt que les autres soient injustes envers moi. » *(Ning wo furen, wu ren fuwo.)*

(Phrase attribuée au fameux Cao Cao.)

❋

« On ne doit pas juger les gens sur leur mine. » *(Ren buke maoxiang.)*

❋

« On ne peut pas plus juger quelqu'un sur son visage qu'on ne peut mesurer la mer à l'aide d'un boisseau. » (*Ren buke maoxiang, haishui buke douliang.)*

❋

« Les pires traîtres semblent loyaux, les pires menteurs semblent sincères. » *(Dajian si zhong, dazha si xin.)*

❋

« Mieux vaut des voisins proches que des parents lointains. » *(Yuanqin buru jinlin.)*

❋

« De bons voisins valent mieux qu'un trésor. » *(Linju hao sai jinbao.)*

❋

« Choisir ses voisins est plus important que choisir sa maison. » *(Xuanze fangwu, buru xuanze linju.)*

❋

« Mille taëls pour acheter les voisins, huit cents pour acheter la maison. » *(Qianjin mai lin, babai mai she.)*

❋

« Celui qui agit selon les rites connaît la paix ; sans rites, il est en péril. » *(Ren youli ze an, wuli ze wei.)*

(Liji, Traité sur les rites.)

❊

« Ne vous mettez pas en avant, mais ne restez pas en arrière. » *(Buzhan renqian, buluo renhou.)*

❊

« L'homme craint d'être célèbre, le cochon d'être gras. » *(Ren pa chuming, zhu pa zhuang.)*

❊

« L'homme craint de perdre la face comme l'arbre son écorce. » *(Ren pa meilian, shu pa meipi.)*

❊

« Dans un verger ne redressez pas votre coiffe, dans un champ de pastèques ne rajustez pas vos souliers. » *(Guoyuan buzhengguan, guatian butixie.)*

(On pourrait vous soupçonner de dérober des fruits : éviter de se placer dans une situation pouvant prêter à malentendu.)

❊

« Champ de pastèques, sous le prunier. » *(Guatian lixia.)*

(Allusion au proverbe précédent.)

❊

« Devant la maison d'une veuve, les ragots vont bon train. » *(Guafu menqian shifei duo.)*

❊

« Assister d'une montagne au combat des tigres. » *(Zuoshan guan hudou.)*

❊

« Monter sur la montagne et observer le combat de tigres dans la plaine ; du haut d'un pont regarder l'eau couler. » *(Dengshan guan hudou, zuoqiao kan shuiliu.)*

(Prendre de la hauteur et attendre une occasion favorable pour intervenir.)

⁂

« Assister aux naufrages depuis le pavillon de la Grue jaune. » *(Huangheloushang kan fanchuan.)*

(Une indifférence passive. Le pavillon de la Grue jaune était situé près de l'actuel Wuhan, au Hubei.)

⁂

« Celui qui assiste en spectateur voit clair, celui qui prend parti se laisse égarer. » *(Pangguanzhe qing, dangjuzhe mi.)*

⁂

« Voir un ivrogne avec les yeux de quelqu'un qui n'a pas bu. » *(Xingyan kan zuihan.)*

(Être seul lucide.)

⁂

« Désigner le mûrier pour insulter le sophora. » *(Zhisang mahuai.)*

(Une critique indirecte.)

⁂

« Désigner la citrouille pour insulter la calebasse. » *(Zhi donggua ma hulu.)*

⁂

« Battre la soubrette pour effrayer la demoiselle. » *(Da de yahuan, xia de xiaojie.)*

❊

« L'homme de bien se souvient des bienfaits mais oublie ses griefs. » *(Junzi ji en, buji chou.)*

❊

« Le grand homme oublie les fautes d'un petit. » *(Daren buji xiaoren guo.)*

❊

« L'homme de bien oublie ses anciennes haines. » *(Junzi buji jiu e.)*

❊

« L'homme de bien aide autrui à accomplir ce qu'il a de mieux en lui. » *(Junzi cheng renzhimei.)*

(Confucius, Entretiens, XII, 16.)

❊

« L'homme de bien ne s'emporte pas contre un bœuf. » *(Junzi bugen niu zhiqi.)*

❊

« Jouer du luth devant des bœufs. » *(Duiniu tanqin.)*

(Un acte peu efficace.)

❊

« L'homme de bien remue la bouche, l'homme mesquin agite les mains. » *(Junzi dongshou, xiaoren dongkou.)*

❊

« Mesquin d'abord, magnanime ensuite. » *(Xian xiaoren, hou junzi.)*

(Dans un négoce, commencer par régler les questions matérielles avant de passer aux cérémonies.)

⁂

« L'homme mesquin se réjouit d'entendre parler des fautes de l'homme de bien, l'homme de bien aurait honte de s'enquérir des vices de l'homme mesquin. » *(Xiaoren lewen junziguo, junzi chiwen xiaoren'e.)*

⁂

« L'homme mesquin pactise trois jours avec ses amis avant de les détester pour six mois. » *(Xiaoren jiaoyou, xiang santian, chou bannian.)*

⁂

« L'imbécile ne sait pas pardonner, celui qui pardonne n'est pas un imbécile. » *(Chihan buken raoren, raoren bushi chihan.)*

⁂

« Dans une dispute il y a deux bouffons ; dès que l'un cède, les deux y trouvent leur compte. » *(Yizheng liangchou, yirang liangyou.)*

⁂

« Celui qui cède la route n'est jamais l'imbécile. » *(Ranglu bushi daihan.)*

⁂

« Céder un pouce de politesse et en obtenir un pied. » *(Rangli yicun, deli yichi.)*

❊

« L'autre me respecte-t-il d'un pied, je le respecte d'une toise. » *(Ren jingwo yichi, wo jingta yizhang.)*

❊

« S'il ne me traite pas en céréale, je continuerai à le prendre pour un condiment. » *(Ta buna wo dang ganliang, wo haina ta dang xiancai.)*

❊

« On peut céder une fois, deux fois, mais on ne peut pas céder trois fois ou quatre fois. » *(Rangyi rang'er, buneng rangsan rangsi.)*

❊

« Ne rien regarder, ne rien écouter, ne rien dire et ne rien faire qui ne relève des rites. » *(Feili wu shi, feili wu ting, feili wu yan, feili wu dong.)*

(Confucius, Entretiens, XII, 2.)

❊

« Dans les rites, l'harmonie est ce qu'il y a de plus précieux. » *(Li zhiyong, he weigui.)*

(Confucius, Entretiens, I, 12.)

❊

« Il n'y a pas de politesse qui ne trouve sa réponse. » *(Li wu buda.)*

❊

« Recevoir sans rien donner en retour n'est pas conforme aux rites. » *(Lai er buwang, feili ye.)*

❊

❊

« Un seul lit pour deux rêves. » *(Tongchuang yimeng.)*
(Dissension entre individus ou au sein d'un couple.)

❊

« Le chapeau de Zhang est porté par Li. » *(Zhang mao Li dai.)*

❊

« C'est Zhang qui boit et c'est Li qui passe pour ivre. » *(Zhanggong chijiu Ligong zui.)*

❊

« L'attente rend le cœur impatient. » *(Dengren xin ji.)*

❊

« L'homme bon est facilement outragé. » *(Shanren nao qifu.)*

❊

« Droit, l'arbre est promis à la scie ; droit, l'homme est promis à la pauvreté. » *(Shuzhi si, renzhi qiong.)*

❊

« Dans la montagne des arbres droits, dans le monde pas d'hommes droits. » *(Shanzhong you zhishu, shishang wu zhiren.)*

❊

« Mille *li* parcourus pour offrir une plume d'oie : le présent est léger mais l'intention est sincère. » *(Qianli song e'mao, liqing er renzhong.)*

❊

« L'homme de bien ne s'empare pas de ce que les autres aiment. » *(Junzi buduo ren suohao.)*

❊

« N'aime pas la femme d'un autre, ne monte pas le cheval d'un autre. » *(Taqi mo ai, tama mo qi.)*

❊

« Le vendeur de melons ne dira jamais qu'ils sont amers. » *(Maiguade bushuo gua ku.)*

❊

« Quand la vieille Wang vend ses melons, elle les vend elle-même et fait elle-même l'article. » *(Wangpo maigua, zimai zikua.)*

(On n'est jamais aussi bien servi que par soi-même. Autre sens : être à la fois juge et partie.)

❊

« Avoir une bouche pour parler des autres, mais jamais pour parler de soi. » *(Youzui shuoren, wuzui shuoziji.)*

(Critiquer autrui sans se remettre en cause.)

❊

« Ce que les yeux ne voient pas, le cœur ne s'en soucie pas. » *(Yan bujian, xin bufan.)*

❊

« Veut-on franchir une porte basse, il faut savoir courber l'échine. » *(Yaoguo aimen, jiudei wanyao.)*

❊

« Faire porter à quelqu'un des chaussures trop petites. » *(Gei ren chuan xiaoxie.)*

(Mettre quelqu'un dans l'embarras. Jadis un homme pouvait annuler des fiançailles en faisant envoyer à sa promise des chaussures qu'elle ne pouvait enfiler.)

⁂

« Petit chaman rencontre le grand chaman. » *(Xiaowu jian dawu.)*

(Trouver plus fort que soi.)

⁂

« Le nain qui assiste à une pièce de théâtre rit comme les autres. » *(Aizi kanxi : genren xiao.)*

⁂

« Ne prononcez jamais le mot "petit" devant un nain. » *(Aizi mianqian, moshuo duanhua.)*

⁂

« Si un muet goûte à l'amère gentiane, il est impuissant à exprimer l'amertume qu'il ressent. » *(Yaba chi huanglian : youku shuobuchu.)*

⁂

« S'appuyer sur son grand âge pour le vendre. » *(Yilao mailao.)*

⁂

« Conseiller est aisé, aider est difficile. » *(Quanren rongyi, zhuren nan.)*

⁂

« La mariée une fois dans le lit, l'entremetteuse rentre dans l'oubli. » *(Xifu shangle chuang, meiren shuai yipang.)*

❊

« Tourner la tête et ne connaître personne. » *(Fanlian burèn rén.)*
(Mépris mêlé d'ingratitude.)

❊

« En buvant l'eau du puits, n'oubliez pas ceux qui l'ont creusé. » *(Heshui buwang juejingren.)*

❊

« Un petit talent trouve difficilement un grand emploi. » *(Xiaocai nan dayong.)*

❊

« Se rallier aux principes mais pas aux individus. » *(Xiang li buxiang ren.)*

❊

« Frères le matin, ennemis le soir. » *(Zhao xiongdi, mu choudi.)*

❊

« Tout le monde mange la viande, un seul rembourse la poêle cassée. » *(Yourou dajia chi, zaguo yiren pei.)*

❊

« Trois jours sans se voir, on ne se voit plus avec les yeux d'autrefois. » *(Sanri bujianmian, buzuo jiushi kan.)*

❊

« En nuisant à autrui, on nuit finalement à soi. » *(Hairen zhong haiji.)*

❊

« Rond dehors mais carré dedans. » *(Waiyuan neifang.)*

(Un caractère intransigeant sous des dehors affables.)

❊

« Carré à l'extérieur mais rond à l'intérieur. » *(Waifang neiyuan.)*

(Un caractère faible sous des dehors intransigeants.)

❊

« Homme de bien au-dehors, mais homme mesquin au-dedans. » *(Waijunzi er neixiaoren.)*

❊

« Qui fait l'âne ne doit pas s'étonner si les autres lui montent dessus. » *(Ziji zuole lüzi, beiren qishang shijiu buyao guai renjia.)*

❊

chiren:

« Ne rêvez pas devant des imbéciles. » *(Chiren mianqian budeshuo meng.)*

(Ils risqueraient d'y croire. Certains sujets ne doivent pas être abordés devant certaines personnes.)

❊

« Inutile de frapper fort sur un bon tambour, inutile de parler beaucoup à quelqu'un d'intelligent. » *(Xianggu buzhongda, lingren buduoyan.)*

❊

« Les kakis qu'on mange sont toujours les plus mous. » *(Chi shizi lian ruande.)*

(Les personnes les plus faibles sont celles auxquelles on s'attaque.)

❊

« Il faut jouer du tambour devant les gens et non pas battre un gong derrière leur dos. » *(Yaoda dangmian gu, moqiao beihou luo.)*

(On ne doit pas critiquer les gens à leur insu.)

❊

« La paume d'une seule main ne fait pas de bruit. » *(Yigezhang pabuxiang.)*

(Il faut être deux pour se battre.)

❊

« Un gong à une face ne sonnerait pas. » *(Danmian luo dabuxiang.)*

(Les deux parties doivent tomber d'accord pour que cela soit suivi d'effet.)

❊

« La flûte et l'orgue à bouche. » *(Yige dizi, yige sheng.)*

(Ces deux instruments employés dans le théâtre chanté du Sud symbolisent l'harmonie et la complémentarité entre individus.)

❊

« Quand le seigneur Jiang pêche, seuls les poissons volontaires mordent à l'hameçon. » *(Jiang taigong diaoyu, yuanzhe shanggou.)*

(Tomber volontairement dans un piège. Jiang Ziya, ministre dans l'Antiquité, pêchait sans appât.)

⁂

« Administrer un coup pour éviter d'en recevoir cent. » *(Dade yiquan qu, miande baiquan lai.)*

⁂

« Quand on donne un coup de pied, il faut se prémunir contre un coup de poing. » *(Tiren yijiao, xu fangren yiquan.)*

⁂

« Si vous vous battez, ne frappez jamais au visage ; si vous insultez quelqu'un, ne dévoilez jamais ses points faibles. » *(Daren xiu dalian, maren mo jieduan.)*

⁂

« On s'insulte avec l'espoir que quelqu'un viendra vous en dissuader, on se bat avec l'espoir que quelqu'un viendra vous séparer. » *(Xiangma wang renquan, xiangda wang rentuo.)*

⁂

« Trois bonnes paroles ne valent pas un coup de poing. » *(Sanju haohua buru yi quantou.)*

⁂

« Mieux vaut voler une fois que quémander trois fois. » *(Santao buru yitou.)*

⁂

« Mille suppliques ne valent pas une menace. » *(Qianqiu buru yixia.)*

⁂

« Un poing ne frappe jamais un visage affable. » *(Quantou buda xiaolian.)*

❊

« Frapper quelqu'un c'est trois jours de soucis, injurier quelqu'un c'est trois jours de honte. » *(Daren sanri you, maren sanri xiu.)*

❊

« Administrer une gifle puis caresser trois fois. » *(Da yi bazhang rou sanrou.)*

(Manier le froid et le chaud.)

❊

« Le coiffeur a les cheveux longs. » *(Titoude toufa chang.)*

❊

« Quand la terre aide la terre, elle forme des parois ; quand les pauvres aident les pauvres, cela fait des rois. » *(Tu bangtu chengqiang, qiong bangqiong chengwang.)*

❊

« Se jouer des gens c'est faire son deuil de toute vertu, se jouer des choses c'est faire son deuil de tout idéal. » *(Wanren sangde, wanwu sangzhi.)*

(Shangshu, Livre des documents, chap. « Lü ao ».)

❊

« Souvent ceux qui n'ont aucun idéal en parlent le plus. » *(Wuzhi zhiren chang li zhi.)*

❊

« Un enfant ne reprochera jamais à sa mère d'être laide, un chien ne reprochera jamais à son maître d'être pauvre. » *(Er buxian muchou, gou buxian zhupin.)*

⁂

« Se prendre pour une fleur mais prendre les autres pour des résidus de caillé de soja. » *(Ba ziji kancheng yizhi hua, ba bieren kancheng doufuzha.)*

⁂

« S'épouiller sur ses voisins. » (*Ba ziji shenshang de shizi wang pangren shenshang zhuo.)*

⁂

« A chercher les poux sur les autres, ils finissent par vous démanger vous-même. » *(Re bieren shenshang de shi, dao ziji shenshang qu sao.)*

⁂

« Il est difficile de chanter dans une foule de cent personnes. » *(Bairen zhongli nanchang.)*

⁂

« Qui ne trouve pas le sommeil sait combien la nuit est longue ; en fréquentant les gens longtemps on connaît leur cœur. » *(Bumian zhi yechang, jiujiao zhi renxin.)*

⁂

« Un talent qui n'écrase pas les foules, une apparence qui ne surpasse pas les foules. » *(Cai buya qun, mao buchao qun.)*

(Un individu dans la moyenne.)

❊

« Une compassion excessive peut être un mal. » *(Cibei taiguo dang zuo'e.)*

❊

« Frapper les mouches mais pas les tigres. » *(Da cangying buda laohu.)*

❊

« Les grosses pierres ont besoin d'être calées par de plus petites, les gens âgés ont besoin d'être épaulés par les plus jeunes. » *(Dashitou yao xiaoshitou sai, daren'r yao you xiaoren'r ai.)*

❊

« Homme face aux gens, démon dans leur dos. » *(Dangmian shi ren, beihou shi gui.)*

❊

« Un magasin important humilie le client, un client important humilie le magasin. » *(Dianda qike, keda qidian.)*

❊

« Chacun balaie la neige devant sa porte sans se mêler du givre sur le toit des autres. » *(Geren zisao menqian xue, moguan taren washang shuang.)*

❊

« Apporter des braises dans la neige. » *(Xueli songtan.)*

(Un secours salutaire.)

❊

« Qui restitue aussi facilement qu'il emprunte empruntera sans difficulté. » *(Haojie haohuan, zaijie bunan.)*

⁂

« A l'épreuve du feu, l'or révèle sa qualité ; face à l'argent, l'homme révèle son cœur. » *(Jinjiang huoshi fang zhi se, ren yong caijiao shi jianxin.)*

⁂

« Plus vous vous prosternez bas, et plus les gens vous voient petit. » *(Ke detou yueduo, renjia kanni yueai.)*

⁂

« Trois femmes ensemble, et on se croit au théâtre. » *(Sange funü, yitai xi.)*

⁂

« La nature de la femme est inconstante comme l'eau. » *(Furen shuixing wuchang.)*

⁂

« Toi continue sur ta route radieuse, moi j'emprunte mon petit pont de planches. » *(Ni zou nide yangguang dao, wo zou wode dumu qiao.)*

⁂

« Plutôt se disputer avec quelqu'un d'intelligent que parler à un imbécile. » *(Ninghe mingbairen da yijia, buhe huturen shuo juhua.)*

⁂

« Plutôt ne pas savoir lire que d'ignorer les hommes. » *(Ningke bushizi, buke bushiren.)*

❊

« Coupée, la racine du lotus reste encore reliée par des filaments. » *(Ouduan silian.)*

(La racine filamenteuse du lotus symbolise les relations interrompues que certains liens peuvent raviver.)

❊

« Avant même d'avoir trompé les autres, on s'est déjà fait du tort à soi-même. » *(Weizha taren, xiansun ziji.)*

❊

« Qui veut battre son chien trouve toujours un bâton. » *(Xiang dagou jiu zhaodedao gunzi.)*

❊

« Si on veut charger quelqu'un d'un crime, ce ne sont pas les mots qui manquent. ». *(Yujia zhizui, hehuan wuci.)*

❊

« Veut-on savoir ce qui se passe dans les montagnes, il faut interroger ceux qui en viennent. » *(Yaozhi shanxiashi, qingwen guolairen.)*

❊

« On ne doit pas mettre deux coqs dans la même cage. » *(Yige longli guanbuxia liangge jiaogongji.)*

❊

« Lorsqu'une famille construit un mur de brique, ce sont deux familles qui en profitent. » *(Yijia qiqiang, liangjia fangbian.)*

⁂

« Un invité ne doit pas importuner deux hôtes. » *(Yike bufan liangzhu.)*

⁂

« Installer chez soi le cercueil d'autrui pour pleurer. » *(Zhuan ba bieren de guancai tai ziji jiali ku.)*

(Se créer des soucis inutiles.)

⁂

« Dans une mer asséchée on finit par voir le fond, mais on ignore le cœur d'un homme qui meurt. » *(Haiku zhongjiandi, rensi buzhixin.)*

(Deux vers d'un poème de Du Xunhe, des Tang.)

CHAPITRE 7

Les conduites

« L'homme s'exerce dans le monde comme le couteau s'affûte sur la pierre. » *(Ren zai shishang lian, dao zai shishang mo.)*

❊

« Le succès engendre l'échec, l'essor engendre la déchéance. » *(Youcheng bi youbai, youxing bi youshuai.)*

❊

« En restant toute sa vie sans sortir de chez soi, on finit par devenir un homme mesquin. » *(Yisheng buchumen, jingjiu shi xiaoren.)*

❊

« Quand un égaré comprend qu'il doit rebrousser chemin, il n'est pas loin d'avoir trouvé la Voie. » *(Mitu zhifan, dedao buyuan.)*

❊

« Quand un homme est égaré dans une affaire il est à craindre qu'il n'écoute aucun conseil. » *(Rendao shizhong mi, jiupa buting quan.)*

❊

« C'est lorsqu'on est débarrassé de ses mauvais compagnons que l'on peut parler d'avenir. » *(Baituole huai huoban, caike youtan qiantu.)*

※

« En marchant dix pas, on tombe toujours sur une herbe parfumée. » *(Shibu zhinei, biyou fangcao.)*
(On rencontre des gens remarquables partout.)

※

« Quand on a le cœur droit on ne craint pas de voir son ombre de biais, quand on a le pied solide on ne craint pas de se tordre le pied. » *(Xinzheng bupa ying'r xie, jiaozheng bupa daota xie.)*

※

« On ne trébuche pas quand on n'a pas de boue sous les pieds. » *(Jiaodixia meini huabudao ren.)*

※

« Si l'on veut frapper un enfant, il faut d'abord regarder le visage de sa mère. » *(Yaoda kan niangmian.)*

※

« Quand le père est voleur, le fils est meurtrier. » *(Fuzi yu xingjie, zi bi sharen.)*

※

« Si l'on n'a pas fait d'efforts lorsqu'on était jeune et fort, inutile de se lamenter quand on est vieux. » *(Shaozhuang bunuli, laoda tushangbei.)*

※

« Quand le cœur n'y est pas, les mains ne sont pas habiles. » *(Xin buzai, shou buling.)*

❋

« Manger des feuilles de mûrier mais ne cracher aucun fil de soie. » *(Chile sangye, tubuchu silai.)*

(Consommer sans rien produire.)

❋

« Un malheur pour l'homme, c'est d'aimer à se poser en maître pour les autres. » *(Ren zhihuan, zaihao weirenshi.)*

(Mencius, Mengzi, IV, A, 23.)

❋

« Mieux vaut ne voir qu'une fois que d'entendre parler cent fois d'une chose. » *(Baiwen buru yijian.)*

❋

« Mieux vaut agir une fois avec les mains que de regarder mille fois avec les yeux. » *(Yanjian qianbian, buru shouguo yibian.)*

❋

« S'éventer avec un éventail ne vaudra jamais le vent qui souffle spontanément. » *(Shan shanzi buru zilai feng.)*

❋

« Commencer par ne rien faire pour ensuite ne plus s'arrêter. » *(Yi buzuo, er buxiu.)*

❋

« Plus on prend de la hauteur et plus on voit loin. » *(Zhandegao, kandeyuan.)*

❊

« Reculez d'un pas et tout s'élargira spontanément. » *(Tuihou yibu ziran kuan.)*

❊

« La vigueur d'une monture se reconnaît sur une longue route, le cœur d'un homme se vérifie avec le temps. » (*Luyao zhi mali, rijiu jian renxin.)*

❊

« Lorsque la poutre supérieure est de guingois, les poutres inférieures vont de travers. » *(Shangliang buzheng, xialiang wai.)*

❊

« S'il n'est pas soutenu par un tuteur, le jeune arbre se courbe facilement. » *(Xiaoshu bufu rongyi wan.)*

❊

« Sans compas et sans équerre on ne tracerait ni cercles ni carrés. » *(Meiyou guiju, bucheng fangyuan.)*

(Le compas et l'équerre désignent les règlements.)

❊

« Une route se trace avec les gens qui y marchent. » *(Lu shi ren zouchulai.)*

❊

« Il est facile de monter sur scène, il est difficile d'en descendre. » *(Shangchang rongyi, xiachang nan.)*

❊

« Faire un grand théâtre d'une petite pièce. » *(Xiaoxi dang daxi chang.)*

❊

« Une bonne mémoire ne vaut pas un pinceau usé. » *(Hao jixing buru lan bitou.)*

(Supériorité de l'écriture.)

❊

« Construire un char en chambre : difficile d'ajuster [les essieux] à la largeur des ornières. » *(Bimen zaoju, nan hezhe.)*

(Un travail coupé de la réalité.)

❊

« Pêcher du poisson une journée et mettre trois jours pour sécher ses filets. » *(Yitian dayu, santian shaiwang.)*

❊

« Détruire le mur de l'est pour colmater le mur de l'ouest. » *(Chai dongqiang, bu xiqiang.)*

❊

« Brûler une chandelle pour retrouver une sapèque. » *(Wei xun yiwen qian, zhaowan yizhi zhu.)*

❊

« Convoiter un grain de riz d'autrui et perdre la récolte d'une demi-année. » *(Tuta yilimi, shique bannianliang.)*

❊

« Chasser le moineau avec un bandeau sur les yeux. » *(Yanmu buque.)*

❊

« Lancer des projectiles contre un rat tout en craignant pour les objets à côté. » *(Toushu er jiqi.)*

❊

« Suspendre une tête de mouton à son enseigne pour vendre de la viande de chien. » *(Gua yangtou, mai gourou.)*

❊

« Battre la campagne en vendant des faux remèdes. » *(Zou jianghu mai jiayao.)*

❊

« Mendier sa nourriture sans apporter de bol. » *(Taoshi budai wan.)*

(Dépendre totalement des autres.)

❊

« On peut être intelligent toute sa vie et stupide un instant. » *(Congming yishì, hutu yishi.)*

❊

« L'intelligent finit par être trompé par sa propre intelligence. » *(Congming fan bei congming wu.)*

(Su Dongpo.)

❊

« L'homme intelligent bâtit des cités que la femme intelligente renverse. » *(Zhefu cheng cheng, zhefù qing cheng.)*

(Shijing [« Classique de la poésie »], poème n° 264.)

❊

« L'homme intelligent peut se tromper une fois sur mille réflexions ; sur mille pensées, le sot peut avoir une fois raison. » *(Zhizhe qianlü, biyou yishi ; yuzhe qianlü, biyou yide.)*

❊

« L'homme intelligent regarde la cuisson, le sot regarde le chaudron. » *(Zhezhe kanhuo, yuzhe kanguo.)*

❊

« Inutile d'entrer dans les détails avec quelqu'un d'intelligent. » *(Mingren buyong xishuo.)*

❊

« Le clairvoyant sait voir avant que les choses aient pris forme, l'intelligent comprend avant que les choses aient germé. » *(Mingzhe jianyu wuxing, zhizhe lüyu weimeng.)*

❊

« Plutôt être intelligent et passer pour un crétin que d'être un crétin qui présente bien. » *(Ningwei congming de yufu, buwei yuchun de caizi.)*

❊

« Un homme qui ne réfléchit pas sur le long terme connaîtra des déboires à court terme. » *(Ren wu yuanlü, biyou jinyou.)*

(Confucius, Entretiens, XV, 12.)

❊

« Trouver un âne et s'en servir comme d'un cheval. » *(Dezhe maolü dang ma qi.)*

(Se contenter de ce qu'on a.)

❊

« On ne rassasie pas un chameau en le
à la cuillère. » *(Yong chizi weibubao luotuo.)*

❊

« Ajouter le givre à de la neige. » *(Xueshang jia-shuang.)*

(Envenimer une situation.)

❊

« Un coursier capable de parcourir mille *li* ne se trouve que s'il existe un Bo Le : de tels coursiers existent toujours, mais des gens comme Bo Le sont rares. » *(Shiyou Bo Le ranhou you qianlima, qianlima changyou, er Bo Le buchangyou.)*

(Un discernement capable de reconnaître les talents cachés.)

❊

« L'habitude devient nature. » *(Xiguan cheng ziran.)*

❊

« Tenir un enfant qui ne pleure pas. » *(Baozhe yige buku dehaizi.)*

(Chose facile.)

❊

« Tout homme peut perdre pied, tout cheval peut trébucher. » *(Ren you shizu, ma you shidi.)*

❊

« Ce n'est pas auprès du boucher qu'on apprend à devenir cordonnier. » *(Genzhe tuhu xuebucheng pijiang.)*

❊

« Brûler sa veste fourrée à cause des poux. » *(Weile shizi shaoge ao.)*

(Une réaction excessive.)

❊

« Porter de l'eau pour la vendre au bord du fleuve. » *(Danshui xiang heli mai.)*

❊

« Colmater un puits avec de la neige. » *(Danxue wang jingli tian.)*

❊

« Rogner ses pieds pour les adapter aux souliers. » *(Xue zu shi lü.)*

❊

« Tisser un cocon pour s'y empêtrer. » *(Zuojian zifu.)*

❊

« Le sot s'empêtre dans des tracas qui avant lui n'existaient pas. » *(Tianxia ben wushi, yongren zirao zhi.)*

❊

« Parvenir à s'empêtrer sans même avoir de corde. » *(Wusheng zifu.)*

❊

« Déplacer une pierre et la laisser tomber sur son pied. » *(Banqi shitou da ziji de jiao.)*

✳

« Gratter une démangeaison à travers sa botte. » *(Gexue zaoyang.)*

✳

« Souffrir d'insomnie et accuser les pieds du lit. » *(Shuibuzhao, guai chuangjiao.)*

✳

« Tenir un couteau émoussé et reprocher à la viande d'être trop dure. » *(Daochun guai roulao.)*

✳

« Celui qui ne sait pas manœuvrer un bateau déteste les méandres du fleuve. » *(Bushan caozhou er wu he zhi qu.)*

✳

« C'est dans la précipitation que les erreurs arrivent. » *(Mangzhong duoyou cuo.)*

✳

« Celui qui se hâte ne sait pas, celui qui sait ne se hâte pas. » *(Mangjia buhui, huijia bumang.)*

✳

« Attendre près d'une souche qu'un lièvre vienne s'y heurter. » *(Shouzhu daitu.)*

(Han Fei, Han Fei zi, chap. « Wudu ».)

(Espérer un événement fortuit qui n'est pas près de se reproduire.)

✳

« Fermer la porte après que le voleur est parti. » *(Zei quhou guanmen.)*

❋

« Détruire le pont après avoir franchi la rivière. » *(Guole he chaiqiao.)*

❋

« Quand on assèche un étang pour pêcher, ce n'est pas qu'on n'attrapera pas de poisson, mais l'année suivante il n'y en aura plus ; quand on brûle une forêt pour chasser, ce n'est pas qu'il n'y aura pas de gibier, mais l'année suivante il n'y en aura plus. » *(Jieze quyu, fei budeyu, mingnian wuyu ; fenlin er tian, fei buhuoshou, mingnian wushou.)*

(Huainanzi, chap. « Benjing xun ».)

❋

« Le forban de la nuit déteste la lune. » *(Yedao hen mingyue.)*

❋

« Quand le bateau est au milieu du fleuve, il est bien tard pour réparer l'avarie. » *(Chuan dao jiangxin, bulou chi.)*

❋

« Le bateau devant un pont se redresse spontanément. » *(Chuan dao qiaotou ziran zhi.)*

❋

« Le héros verse son sang mais pas de larmes. » *(Yingxiong liuxue buliulei.)*

*

« Le héros franchit difficilement la Passe-de-la-belle-personne. » *(Yingxiong nanguo Meiren guan.)*

(Il est difficile de résister aux tentations charnelles.)

*

« Celui qui a été mordu par un serpent s'enfuit à la vue d'une anguille. » *(Aiguo sheyao jianshan pao.)*

*

« Fermer la porte pour battre son chien. » *(Guanlemen dagou.)*

*

« Le mandarin sans poste est intègre, la femme laide est chaste, le pauvre mange végétarien et le vieillard lit des livres de sagesse. » *(Xianguan qing, choufu zhen, qiong chisu, lao kanjing.)*

*

« Il est difficile de chanter seul tout un opéra. » *(Yiren nanchang yitai xi.)*

*

« A Jiangyin ne remuez pas les mains, à Wuxi ne remuez pas la bouche. » *(Jiangyin mo dongshou, Wuxi mo dongkou.)*

(Les gens de Jiangyin étaient doués pour les arts martiaux, ceux de Wuxi étaient connus pour leur aptitude au chant. Éviter de se ridiculiser devant plus fort que soi.)

*

« Changer le bouillon sans changer le remède. » *(Huan tang buhuan yao.)*

⁂

« Tresser une corde pour attacher le vent. » *(Cuo shengzi xiang bangzhu feng.)*

⁂

« Le voleur qui crie au voleur. » *(Zei han zhuozei.)*

⁂

« Occuper les cabinets sans déféquer. » *(Zhanzhe maokeng bulashi.)*
(Accaparer un poste sans travailler.)

⁂

« Manger du caillé de soja et se faire rembourser de la viande. » *(Chi doufu, bao rouzhang.)*

⁂

« La prudence rend le moindre pas délicat, l'audace permet d'aller partout. » *(Xiaoxin cunbu nanxing, dadan tianxia qude.)*

⁂

« La prudence permet d'aller partout, l'audace rend le moindre pas délicat. » *(Xiaoxin tianxia qude, dadan cunbu nanxing.)*

⁂

« Ce n'est pas dix mille qu'il faut craindre, mais un sur dix mille. » *(Bupa yiwan, zhipa wanyi.)*

⁂

« Avec seulement quelques couleurs vouloir ouvrir un atelier de teinture. » *(Dele xie yanshai'r, jiukaiqi ranfang lai.)*

⁂

« Une personne accomplie n'agit pas à sa guise, celui qui agit à sa guise n'est pas une personne accomplie. » *(Chengren buzizai, zizai buchengren.)*

⁂

« L'homme ne doit pas oublier ses racines. » *(Ren bude wangben.)*

⁂

« Une méthode fixe n'est pas une méthode. » *(Dingfa bushi fa.)*

⁂

« Presser contre son cœur les gens dont on a besoin et pousser dans le ravin ceux dont on n'a plus besoin. » *(Yongzhe baozai huaili, yongbuzhao tuidao yanli.)*

⁂

« Refuser de savoir si c'est vert, rouge, noir ou blanc. » *(Buwen qing hong zao bai.)*

(Ne pas chercher à reconnaître le vrai du faux.)

⁂

« Assez d'éléments pour échouer et trop peu pour réussir. » *(Baishi youyu, chengshi buzu.)*

⁂

« Trop élevé pour l'atteindre, ou trop bas pour accepter. » *(Gao bucheng, di bujiu.)*

(Se dit d'un mariage ou d'un travail pour lesquels il est difficile de concilier ses prétentions avec les conditions requises.)

❋

« Qui ose traverser les grands fleuves ne craint pas les petites rivières. » *(Ganguo dajiang, bupa xiaohe.)*

❋

« On peut manquer de respect à la montagne, mais pas à l'eau. » *(Qishan mo qishui.)*

(Rien n'est pire que les inondations.)

❋

« Craindre en balayant par terre d'attenter à la vie des fourmis et des courtilières. » *(Saodi kongshang louyi ming.)*

(Un total respect de la vie.)

❋

« Qui met en scène un théâtre d'ombres ne doit jamais crever l'écran. » *(Tizhe yingxi renzi shangchang, haodai bie chuopo zheceng zhi.)*

(Une affaire qu'il convient de ne pas révéler.)

❋

« Ne dites rien des affaires dont vous avez entendu parler, ignorez tout des affaires sur lesquelles on vous interroge, ne vous mêlez pas des affaires qui ne vous regardent pas, rentrez chez vous sitôt qu'il n'y a pas d'affaires. » *(Wénshi moshuo, wènshi buzhi, xianshi moguan, wus hi zaogui.)*

❋

« Un poison, un antidote. » *(Yifu duyao, yifu jiedu.)*

(Tout problème a sa solution.)

❋

« Se tenir assis sur la terrasse du pêcheur. » *(Wenzuo diaoyutai.)*

(Se tenir à l'écart des affaires.)

❋

« On ne mesure pas le mont Taishan avec une règle. » *(Taishang buke zhang chi.)*

❋

« Qui revient des cinq pics sacrés ne regarde plus les autres montagnes, qui revient du Huangshan ne regarde plus les autres pics. » *(Wuyue guilai bukan shan, Huangshan guilai bukan yue.)*

(Éloge du massif du Huangshan dans la province de l'Anhui, célèbre pour son paysage sublime. Les cinq pics sacrés sont respectivement le Taishan à l'est, le Huashan à l'ouest, le Hengshan au sud, le Hengshan au nord et le Songshan au centre.)

❋

« Se gratter le dos alors que les genoux vous démangent. » *(Xiyang er saobei.)*

(Yantie lun [« Dispute sur le sel et le fer »].)

❋

« Même les oisifs s'occupent. » *(Xianren you mangshi.)*

❋

« Cracher vers le ciel. » *(Xiangtian er tuo.)*

(Un acte qui se retourne contre son auteur.)

❋

« Les gens mordus par des chiens ne sont pas tous des voleurs. » *(Aigouyao deren budoushi zei.)*

❊

« Les gens qui aiment à se poudrer n'ont pas le visage blanc. » *(Ai chafen deren lian bingbubai.)*

❊

« Il n'y a pas de fardeau qui soit léger après cent pas. » *(Baibu buqing dan.)*

❊

« Des plumes entassées peuvent faire couler un navire, des choses légères accumulées peuvent briser un essieu. » *(Jiyu chenzhou, qunqing zhezhou.)*

❊

« L'avance convient à cent affaires mais pas le retard. » *(Baishi yi zao buyi chi.)*

❊

« Annoncer les bonnes nouvelles mais jamais les mauvaises. » *(Baoxi bubao you.)*

❊

« Quand un lettré achète un âne, le contrat peut faire trois pages sans que le mot âne y figure. » *(Boshi mai lü, shujian sanzhang, weiyou lü zi.)*

(Pédanterie qui évite d'aller à l'essentiel.)

❊

« Si l'on ne se cogne pas la tête lorsque l'on se prosterne front à terre, les os ne seront jamais durs. » *(Buke bupeng, gutou buying.)*

❊

« Plus on s'élève et plus dure sera la chute. » *(Pandegao, diedezhong.)*

⁂

« Celui qui ne vole pas haut ne se fait pas mal en tombant. » *(Feide bugao, diede buzhong.)*

⁂

« Il ne faut pas mettre les courges et les calebasses dans le même panier. » *(Buneng donggua hulu yikuang zhuang.)*

⁂

« Ne craignez pas d'être lent, craignez seulement d'être à l'arrêt. » *(Bupa man, jiupa zhan.)*

⁂

« Dans un bateau qui navigue à contre-courant, qui n'avance pas recule. » *(Nishui xingzhou, bujin ze tui.)*

⁂

« Sitôt sorti du gouffre au dragon, entrer dans la tanière du tigre. » *(Chude longtan, youru huxue.)*
(Tomber de Charybde en Scylla.)

⁂

« Quand on sort de chez soi on s'enquiert de la route, quand on entre dans une région on s'enquiert des coutumes. » *(Chumen wenlu, ruxiang wensu.)*

⁂

« Dans la maison du marin les enfants savent nager. » *(Chuanjia de haizi hui fushui.)*

❋

« Le bon artisan sait travailler lentement. » *(Mangong chu qiaojiang.)*

❋

« Le bon artisan ne néglige aucun matériau. » *(Dajiang wuqicai.)*

(Un chef doit être capable d'utiliser toutes les compétences.)

❋

« La satisfaction de voir ses désirs réalisés vaut mieux que la réussite aux examens. » *(Deyi sai dengke.)*

❋

« L'hiver ne jetez pas vos vêtements légers, l'été ne jetez pas vos fourrures. » *(Dong buke fei ge, xia buke fei qiu.)*

❋

« Azalée, toi qui embaume, n'oublie pas que tes racines plongent dans la terre. » *(Dujuan xun xiangle bizi, biewangle zhagen zai dishang.)*

❋

« Un fleuve peut avoir neuf méandres et huit sinuosités ; l'homme, lui, opère trois retours sur lui-même et six revirements. » *(He you jiuqu bawan, ren you sanhui liuzhuan.)*

❋

« Les derniers à embarquer sur un navire sont les premiers à prendre pied sur la rive. » *(Hou shangchuan de xian shang'an.)*

❊

« Faire de la contrebande tout en étant chargé de la répression. » *(You maiyan, you dangxun.)*

❊

« Vouloir manger des anguilles mais craindre d'avoir les yeux éclaboussés par la boue. » *(You xiangchi niqiu, you pa qingni hu yan.)*

❊

« Trois vulgaires tanneurs valent un Zhuge Liang. » *(Sange choupijiang ding ge Zhuge Liang.)*

(Zhuge Liang [181-224] fut ministre et stratège au service de Shu durant la période des Trois Royaumes. Équivaut au proverbe français « l'union fait la force ».)

❊

« Le stratagème de la ville vide ne peut s'employer qu'une fois. » *(Kongchengji zhineng yong yici.)*

(Une supercherie ne peut pas être répétée. Le stratagème, attribué au fameux Zhuge Liang, avait consisté à laisser ouvertes les portes d'une ville sans défense, de sorte que l'ennemi croie à un piège. L'épisode, extrait du roman *Les Trois Royaumes*, a inspiré un classique de l'opéra de Pékin.)

❊

« Si belle soit-elle, Chang'an n'est pas une ville où l'on peut s'éterniser. » *(Chang'an sui hao, bushi jiulian zhi xiang.)*

(Chang'an, actuel Xi'an au Shânxi, fut capitale de la Chine jusqu'aux Tang [618-907]. Situation qui ne peut pas durer. Autre sens : séjourner en un lieu à titre provisoire.)

❋

« Tu as peut-être ton plan pour fermer la porte, mais moi j'ai un moyen de passer par-dessus le mur. » *(Ni you nide guanmenji, wo you wode tiaoqiangfa.)*

(Art de l'échappatoire.)

❋

« Mieux vaut cacher ses défauts que de dévoiler ses tares. » *(Louchou buru cangzhuo.)*

❋

« Manier la hache devant la porte de Lu Ban. » *(Lu Ban menqian diao dafu.)*

(Lu Ban : charpentier légendaire, saint patron des menuisiers ; phrase employée par modestie face à quelqu'un de plus compétent que soi.)

❋

« Sans le bois, Lu Ban aurait du mal à bâtir une maison. » *(Lu Ban wumu nan zuowu.)*

❋

« Un bon travailleur n'a pas besoin de choisir ses matériaux. » *(Lianggong buze liao.)*

❋

« Polir un miroir dans une cuvette de glu. » *(Mianhu penli mojing.)*

(Un acte imbécile. Jeu de mots reposant sur l'homophonie entre la bêtise et la colle.)

❋

« Ne pense pas aux oiseaux dans les vertes collines, mais élève avec soin la poule dans sa cage. » *(Mo xiang qingshan niao, yanghao longzhong ji.)*

❋

« Mieux vaut faire des choses minimes que de ne rien faire du tout. » *(Ningke zuo xiaoshi, buke buzuo shi.)*

❋

« Il faut éviter de faire deux choses en même temps. » *(Yishen zuobude liangjian shi.)*

❋

« Dessiner un carré de la main gauche tout en traçant un cercle de la main droite. » *(Zuoshou huafang, youshou huayuan.)*

(Deux choses difficiles à réaliser en même temps.)

❋

« On ne capture pas deux poissons d'une seule main, on ne lit pas deux lignes à la fois. » *(Yishou zhuobuzhu liangtiao yu, yiyan kanbuqing lianghang shu.)*

❋

« Sur une route plate un cheval peut tomber et se tuer, dans une eau peu profonde on peut mourir noyé. » *(Pinglu diesi ma, qianshui nisi ren.)*

❋

« L'eau qui a éclaboussé ne se rattrape pas. » *(Pochu deshui, shoubuhui.)*

❋

« L'eau renversée est difficile à rattraper. » *(Fushui nanshou.)*

(Voir Introduction, note 11.)

❊

« Qui plante des courges obtient des courges, qui plante des haricots obtient des haricots. » *(Zhonggua de gua, zhongdou de dou.)*

❊

« Tirer un seul cheveu et entraîner tout le corps. » *(Qian yifa er dong quanshen.)*

❊

« Un pion mal déplacé sur l'échiquier, et toute la partie est perdue. » *(Cuo zoule yike zi, shule yipan qi.)*

❊

« Arrache un clou, et le mur s'écroule. » *(Bale yike dingzi, daole yidu qiang.)*

❊

« La voiture renversée devant devrait faire réfléchir la voiture qui suit derrière. » *(Qianche yi fu, houche dang jian.)*

❊

« Les devanciers sont les yeux de ceux qui viennent après eux. » *(Qianren jiushi houren yan.)*

❊

« L'herbe sur le mur s'incline selon le vent. » *(Qiangtoushang de cao, suifeng dao.)*

(Se dit de personnes dont l'opinion se conforme au courant dominant.)

❊

« Pour capturer des bandits il faut commencer par capturer leur roi. » *(Qinzei xian qinwang.)*

❋

« Pour arrêter des bandits il faut voir le butin, pour constater un adultère il faut voir les partenaires. » *(Zhuozei jian zhuan, zhuojian jian shuang.)*

❋

« La chanson est facile à chanter, encore faut-il ouvrir la bouche. » *(Quzi haochang, kou nankai.)*

❋

« Chaque homme est capable de certaines choses, et incapable d'autres choses. » *(Ren ge you neng you buneng.)*

(Zuozhuan, « Duc Ding, 15e année ».)

❋

« Un homme pressé n'accomplira rien de bon, un chat pressé n'attrapera pas de rats. » *(Ren ji banbuliao haoshi, mao ji daibuzhu haozi.)*

❋

« C'est dans l'urgence que l'homme fait des plans. » *(Ren ji ji sheng.)*

❋

« La capacité d'endurer les humiliations conduit aux honneurs. » *(Ren ru zhi sangong.)*

❋

« Douceur et souplesse sont au fondement de la réussite, dureté et force sont la matrice du heur. » *(Rouruan shi lishen zhiben, gangqiang shi rehuo zhitai.)*

❋

« Balayer par terre c'est comme se purifier le cœur. » *(Saodi ru qingxin.)*

❋

« Qui veut balayer la maison ne doit pas s'asseoir sur le balai. » *(Shei yaoshi xiang da maowu jiu buyao zuozai saozhou shang.)*

❋

« L'arbre voudrait le calme mais il y a toujours du vent. » *(Shu yu jing er feng buzhi.)*

❋

« Au ciel il y a le paradis et ici-bas il y a Suzhou et Hangzhou. » *(Shang you tiantang, xia you Su Hang.)*

(Deux villes connues pour leur beauté.)

❋

« Qui n'est jamais allé à Suzhou et à Hangzhou aura vécu pour rien. » *(Su Hang budao wang weiren.)*

❋

« Réparer ses fenêtres avant que la pluie ne survienne : se protéger du malheur avant qu'il ne se produise. » *(Weiyu choumou, fanghuan weiran.)*

(Proverbe dont la première partie entraîne l'élision de la seconde.)

❋

« Quand il n'y a pas de lampe dans la maison on espère que la lune va se lever, quand on n'a rien à se mettre on espère qu'il fera chaud. » *(Wuli wudeng wang yue chu, shenshang wuyi wang tian re.)*

❊

« Le toit de la maison fuit et voilà qu'il pleut plusieurs jours d'affilée, le bateau est en retard et voilà qu'il rencontre une tempête. » *(Wu lou gengzao lianyeyu, chuan chi pianyu datoufeng.)*

❊

« Avec un petit appât on capture de gros poissons. » *(Xiao'er diao dayu.)*

❊

« Un ver de terre suffit pour capturer dix anguilles. » *(Yitiao qiuyin diao shitiao man.)*

❊

« Un petit récipient est vite rempli. » *(Xiaoqi yi ying.)*

(Il ne faut pas attendre grand-chose de personnes aux talents limités. Autre sens : certains sont vite remplis d'orgueil.)

❊

« On ne moud pas de la farine avec une simple pierre. » *(Yishan mo, mobuchu mian lai.)*

(C'est par la combinaison de deux actions qu'il est possible d'atteindre à un résultat.)

❊

« Un fil de soie ne fait pas une corde, un arbre ne fait pas une forêt. » *(Yisi buxian, danmu bulin.)*

⁂

« Le bien ou le mal finissent par être sanctionnés. » *(Shan e daotou zhongyou bao.)*
(Proverbe bouddhique.)

⁂

« Celui qui est droit l'est en toute circonstance, celui qui est retors l'est en toute circonstance. » *(Yi zheng wu buzheng, yi xie wu buxie.)*

⁂

« La rectitude triomphe de cent vices. » *(Yizheng ya baixie.)*

⁂

« Celui qui doit se venger et ne le fait pas n'est pas un homme de bien ; celui qui est victime d'une injustice et ne la redresse pas a vécu pour rien. » *(Youchou bubao fei junzi, youyuan bushen wang weiren.)*

⁂

« Celui qui a reçu une faveur et ne la rend pas n'est pas un homme de bien. » *(You en bubao fei junzi.)*

⁂

« Le mérite doit être récompensé, et le crime châtié. » *(You gong bishang, you zui bifa.)*

⁂

« Point n'est besoin d'élever la voix quand on a raison. » *(Youli buzai gaosheng.)*

✻

« Il arrive que les meilleures intentions ne soient pas payées en retour. » *(Haoxin bude haobao.)*

✻

« Il ne faut pas aller au bout de vos capacités, ni précéder les autres. » *(Youshi xiuyao shijin, ganren buke ganshang.)*

(Se laisser une marge pour éviter d'attirer l'envie et le ressentiment contre soi.)

✻

« Quel homme chevelu voudrait passer pour chauve ? » *(Youtoufa sheiken zhuang tuzi.)*

✻

« Tant qu'il reste un cheveu, on ne peut pas dire qu'on est chauve. » *(Youmao busuan tu.)*

✻

« De l'eau lointaine n'éteint pas l'incendie proche. » *(Yuanshui bujiu jinhuo.)*

(Han Fei, Han Fei zi, chap. « Shuolin, I ».)

✻

« De l'eau lointaine n'étanche pas la soif immédiate. » *(Yuanshui bujiu jinke.)*

✻

« Au pays natal la lune est la plus brillante. » *(Yue shi guxiang ming.)*

(Vers de Du Fu, 712-770, poème Yueye yi shedi [« Souvenirs par une nuit de lune »].)

❊

« Une épingle a beau être petite, on ne peut l'avaler. » *(Zhen suixiao tunbuliao.)*

❊

« Quand on comprend ce qu'est la honte, on se rapproche du courage. » *(Zhichi jinyu yong.)*

(Liji, Traité sur les rites, chap. « Zhongyong ».)

❊

« Un tigre de papier ne fait peur à personne. » *(Zhihu'r xiabude ren.)*

❊

« Frapper son père et injurier sa mère tout en enseignant aux autres le respect des parents. » *(Ziji daye maniang, haijiao bieren xingxiao.)*

❊

« On ne vend pas de combustible dans une forêt ni de poisson sur un lac. » *(Linzhong bumai xin, hushang buyu yu.)*

❊

« A un homme refroidi il faut réchauffer les pieds, à un chien refroidi il faut réchauffer le museau. » *(Renleng kaotui, gouleng kaozui.)*

(Chaque problème exige une solution différente.)

❊

« D'une pierre, deux oiseaux. » *(Yishi erniao.)*

❊

« Allume une lampe dans une jarre : dehors il fait noir. » *(Gangli diandeng : waibian hei.)*

(Un avantage dont l'extérieur ne profite pas.)

⁂

« Passé ce village, vous ne trouverez plus ce magasin. » *(Guole zhege cun'r, mei zhege dian.)*

(Une occasion à saisir.)

⁂

« Où il y a un avantage, il y a nécessairement un inconvénient. » *(Youli biyoubi.)*

⁂

« Lancer une brique pour attirer les jades. » *(Paozhuan yinyu.)*

(Donner peu pour obtenir beaucoup. Terme de modestie, à propos d'œuvres artistiques qui suscitent l'émulation.)

CHAPITRE 8

Le perfectionnement

« Quand un homme de bien est dans une maison, ceux de l'extérieur arrivent. » *(Mennei you junzi, menwai junzi zhi.)*

❊

« L'homme de bien cherche en lui-même, l'homme mesquin cherche chez autrui. » *(Junzi qiu zhuji, xiaoren qiu zhuren.)*

(Confucius, Entretiens, XV, 21.)

❊

« Suivre le bien c'est comme monter, suivre le mal c'est comme s'écrouler. » *(Congshan ru deng, cong'e ru beng.)*

(Guoyu, Paroles des principautés, « Zhouyu ».)

❊

« Se débarrasser d'un vice, c'est gagner dix qualités par jour. » *(Shiqu yi'e, richang shishan.)*

❊

« Ne pas être avare de corriger ses fautes. » *(Gaiguo bulin.)*

❊

« Faire le bien est le plus grand des plaisirs. » *(Weishan zui le.)*

❊

« Qui fait le bien obtient le bien, qui fait le mal obtient le mal. » *(Xingshan deshan, xing'e de'e.)*

❊

« Rendre service aux autres c'est se rendre service à soi-même. » *(Yu ren fangbian, fangbian ziji.)*

❊

« Le sage est capable d'opérer un retour sur lui-même, il n'est dès lors rien qu'il ne fasse bien ; ceux qui ne sont pas sages en sont incapables : les fils sont alors souvent pleins de ressentiments et les pères violents. » *(Xianzhe neng zifan, ze wuwang er bushan ; wei renzi ze duoyuan, wei renfu ze duobao.)*

❊

« Le repenti ne changerait pas pour de l'or. » *(Langzi huitou jin buhuan.)*

❊

« Les gens extraordinaires accomplissent des choses extraordinaires. » *(Feichang zhiren zuochu feichang zhishi.)*

❊

« On ne doit pas se débaucher quand on est riche et noble, ni se laisser pervertir quand on est pauvre et misérable, ni plier sous la menace et les armes. » *(Fugui buneng yin, pinjian buneng yi, weiwu buneng qu.)*

(Mencius, Mengzi, III, B, 2.)

❊

« La richesse et la noblesse ne valent pas les belles-lettres, les belles-lettres ne valent pas la vertu. » *(Fugui buru wenzhang, wenzhang buru daode.)*

❊

« La première fois c'est une erreur, la seconde c'est qu'on le fait exprès. » *(Yi shi wu, er shi gu.)*

❊

« La perle précieuse provient d'une vulgaire huître. » *(Guizhu chuzi jianbang.)*

❊

« Réfléchir trois fois avant d'agir. » *(Sansi er houxing.)*

(Confucius, Entretiens, V, 20.)

❊

« Adulte, la femme connaît dix-huit métamorphoses. » *(Nüda shibabian.)*

❊

« Une femme qui a de la volonté est meilleure que les hommes. » *(Youzhi furen, shengru nanzi.)*

❊

« Une femme qui a de l'intelligence surpasse les hommes. » *(Youzhi furen, saiguo nanzi.)*

❊

« La fleur de lotus pousse dans la vase. » *(Hehua kaizai wuni zhong.)*

(Proverbe bouddhique : un environnement défavorable ne souille pas certains êtres.)

❊

« C'est seulement lorsqu'on a enduré souffrances sur souffrances qu'on est au-dessus des autres. » *(Chide kuzhongku, fangwei renshangren.)*

❊

« L'échec est la mère du succès. » *(Shibai shi chenggong zhimu.)*

❊

« Qui a essuyé des revers tient le plus longtemps. » *(Chikui chang zai.)*

❊

« Maîtriser une méthode, c'est en maîtriser cent. » *(Yifa tong, baifa tong.)*

❊

« Si l'on veut devenir quelqu'un de bien, il faut se chercher de bons amis. » *(Yaozuo haoren, xuxun haoyou.)*

❊

« Un voyage de mille *li* commence à vos pieds. » *(Qianli zhi xing, shiyu zuxia.)*

(Laozi, Daodejing
[« Le Classique de la Voie et de la Vertu »], chap. LXIV.*)*

❊

« Pour un long périple aucun pas ne presse. » *(Yuanxing wu jibu.)*

❊

« Ne pas se décourager tant que l'on n'est pas parvenu jusqu'au fleuve Jaune. » *(Budao Huanghe xin busi.)*

❋

« Ne pas verser de larmes tant que l'on n'a pas vu son propre cercueil. » *(Bujian guancai budiaolei.)*

...et rire lorsqu'on le voit!

❋

« Un brave préférera la mort plutôt que d'être humilié. » *(Dazhangfu ningsi buru.)*

❋

« Un lettré peut être tué mais non pas humilié. » *(Shi kesha er buke ru.)*

❋

« Qui sait se satisfaire n'est jamais humilié. » *(Zhizu buru.)*

(Laozi, Daodejing, chap. XXXXIV.*)*

❋

« Un mouvement ne vaut pas un repos. » *(Yidong buru yijing.)*

❋

« Le ministre avant l'audience attend, glacé, la cinquième veille devant la clepsydre ; le général, sous son armure de fer, franchit les passes de nuit. Pendant ce temps dans la montagne, le soleil est haut et le moine n'est pas encore levé. A tout prendre, la gloire et le profit ne valent pas la tranquillité. » *(Chaochen dailou wugeng han, tiejia jiangjun yedu guan, shansi rigao seng weiqi, suanlai mingli buru xian.)*

❊

« Gloire et renommée sont des choses extérieures. » *(Gongming shi shenwai wu.)*

❊

« Un homme d'exception doit se préoccuper de sa gloire et de sa renommée. » *(Dazhangfu dang yi gongming wei nian.)*

❊

« Comment n'aurait-on pas le bonheur dès l'instant qu'on a la sérénité ? » *(Xiongzhong tairan, qiyou bule.)*

(Zhu Xi, *Zhuzi yulei*, chap. XXXI.)

❊

« Le savoir n'est pas difficile, seule sa mise en pratique l'est. » *(Fei zhi zhi jian, wei xing zhi jian.)*

(*Shangshu, Livre des documents.*)

❊

« Plutôt être un jade brisé qu'une tuile entière. » *(Ningwei yusui, buwei waquan.)*

❊

« Le puits a besoin d'être curé, la personne a besoin d'être éduquée. » *(Jing yaotao, ren yaojiao.)*

❊

« Une lame non aiguisée finit par se rouiller. » *(Gangdao bumo sheng huangxiu.)*

❊

« C'est en parlant que la bouche gagne en éloquence, c'est en travaillant que les mains perdent leur maladresse. » *(Changshuo kouli shun, changzuo shou buben.)*

❋

« Même les fantômes redoutent l'homme non cupide. » *(Ren butan cai, gui dou haipa.)*

❋

« Le ciel ferait-il tomber des petits pains qu'il faudrait encore se lever tôt pour les ramasser. » *(Tian luo mantou, yeyao zaoqi qushi.)*

❋

« Quand il est ferme le pied ne craint pas des souliers de travers, quand il est ferme le cœur ne craint pas d'être foudroyé. » *(Jiaozheng bupa xiewai, xinzheng bupa leida.)*

❋

« La mer la plus profonde a un fond, la montagne la plus haute a une cime. » *(Hai zaishen youdi, shan zaigao youding.)*

❋

« Il faut imiter la source qui ne se tarit pas et non pas l'averse qui inonde la montagne. » *(Yaoxue xishui changliu, moxue baohong manshan.)*

❋

« Le talon de la chaussette ne couvre pas le haut du pied. » *(Wadi fubudao jiaoshang.)*

(Il est difficile de changer quelque chose qui a déjà pris forme.)

❊

« On ne sculpte pas de fins motifs sur un bol de porcelaine grossière. » *(Cu ciwan diaobuchu xihua.)*

❊

« On ne peut sculpter dans du bois pourri. » *(Qiaomu buke diao ye.)*

(Confucius, Entretiens, V, 10.)

❊

« L'habitude est d'abord comme un fil d'araignée : une fois prise, elle est plus solide qu'une corde. » *(Xiguan zhishi ru zhusi, xiguan zhihou ru shengsuo.)*

❊

« Quand on s'élève d'un pied vers la perfection, le diable s'élève d'une toise. » *(Dao gao yichi, mo gao yizhang.)*

❊

« Quand on s'élève vers la perfection, dragons et tigres s'inclinent ; quand la vertu est imposante, spectres et dieux vous respectent. » *(Daogao longhu fu, dezhong guishen qin.)*

❊

« Le travail ne trahit jamais son auteur, la terre ne se montre pas ingrate envers celui qui la travaille. » *(Gong buwang ren, di bukui ren.)*

❊

« L'auguste ciel ne se montre pas injuste envers ceux qui se donnent du mal. » *(Huangtian bufu kuxinren.)*

⁂

« Même le fleuve Jaune a parfois des eaux claires : comment un juste n'aurait-il pas un jour de la chance ? » *(Huanghe shangyou chengqing ri, haoren qiwu deyun shi.)*

⁂

« Les plans de l'année se décident au printemps. » *(Yinian zhi ji zaiyu chun.)*

⁂

« Quand quelqu'un plante des bambous, ils mettent dix ans à pousser, quand dix individus plantent des bambous, en une année ils ont poussé. » *(Yiren zhongzhu shinian sheng, shiren zhongzhu yinian sheng.)*

⁂

« La vulgarité ne se soigne pas par la médecine. » *(Rensu buke yi.)*

(Phrase inspirée par un poème de Su Dongpo : « Il est possible de se priver de viande mais pas de la contemplation des bambous ; le manque de viande fait maigrir, l'absence de bambous rend vulgaire ; un homme maigre peut toujours grossir, un lettré vulgaire, lui, est incurable. »)

⁂

« Su Qin a beau avoir changé de vêtements, il demeure le même. » *(Su Qin haishi jiu Su Qin, huanle yishang meihuan ren.)*

(Un homme que la réussite n'a pas changé. Su Qin, stratège sous les Royaumes combattants, a servi six États, après avoir été dénigré par sa famille.)

❊

« Celui qui est bourré de talent n'a pas à craindre le manque de chance. » *(Youle manfu cai, bupa yun bulai.)*

❊

« Rien n'est dur pour ceux qui ont de la volonté. » *(Shishang wu nanshi, zhipa youxinren.)*

❊

« Pour qui a de la volonté les affaires finissent par se réaliser. » *(You zhizhe shi jingcheng.)*

❊

« La volonté permet de grimper sur les cimes ; sans volonté on reste au pied de la montagne. » *(Youzhi deng shanding, wuzhi zhan shanjiao.)*

❊

« La volonté ne dépend pas de l'âge : sans volonté, on vit dans le vide pendant cent ans. » *(Youzhi buzai niangao, wuzhi konghuo baisui.)*

❊

« L'intelligence ne dépend pas de l'âge : sans plans, on parle dans le vide pendant cent ans. » *(Youzhi buzai niangao, wumou kongyan baisui.)*

❊

« L'intelligence ou l'absence d'intelligence s'observent jusque dans la manière de nettoyer la table ou de balayer le sol. » *(Youzhi wuzhi kan shuazhuo saodi.)*

❊

« A force de travail on peut polir un pilon en fer jusqu'à en faire une aiguille. » *(Zhiyao gongfu shen tiechu mocheng zhen.)*

❊

« Les volontés unies forment des murailles. » *(Zhongzhi chengcheng.)*

❊

« Trop de vétérinaires finiraient par tuer un bœuf. » *(Shouyi duole zhisi niu.)*

❊

« Dix ans pour faire pousser un arbre, c'est de l'ombre pour cent ans. » *(Shinian shumu, bainian shu ren.)*

CHAPITRE 9

Les passions

« Mille personnes ce sont mille caractères, dix mille personnes ce sont dix mille physionomies. » *(Qianren qianpin, wanren wanxiang.)*

❊

« Les jolies femmes ont toutes des corps différents, les belles personnes ont toutes des visages différents. » *(Jiaren butong ti, meiren butong mian.)*

(Huainanzi, chap. « Shuolin xun ».)

❊

« L'homme n'est pas de bois : comment pourrait-il n'avoir aucune passion ? » *(Ren fei caomu, shuneng wuqing ?)*

❊

« Fleuves et montagnes sont faciles à modifier ; le caractère, lui, est difficile à faire bouger. » *(Jiangshan yigai, benxing nanyi.)*

❊

« La fleur qui tombe a des intentions, mais l'eau qui l'emporte n'a guère de passion. » *(Luohua youyi, liushui wuqing.)*

(Un amour à sens unique.)

❊

« De toutes les maladies, l'amour à sens unique est la plus pénible. » *(Sanbailiushi bing, weiyou xiangsi ku.)*

❊

« Une femme naïve rencontre souvent un amant volage. » *(Chinü fuxinhan.)*

❊

« Qui dérobe des fleurs n'est pas un voleur. » *(Touhua buwei zei.)*

(Se dit d'un séducteur.)

❊

« L'amoureux voit dans sa belle une nouvelle Xishi. » *(Qingren yanli chu Xishi.)*

(Xishi, femme à la beauté légendaire.)

❊

« Un homme qui veut séduire une femme doit franchir des montagnes, une fille qui veut séduire un homme n'a qu'une cloison de papier à franchir. » *(Nanzi yaotou furen, ge chongshan, nüzi yaotou nanzi ge chongzhi.)*

❊

« Les hommes sont comme les oies sauvages du Sud : mille de partis, dix mille de retrouvés. » *(Hanzi youru nanlai yan, qule yiqian you yiwan.)*

❊

« Les jolies femmes n'ont pas besoin de déambuler à la fête des Lanternes, les beaux garçons n'ont pas besoin de parader au printemps. » *(Meinü buguan deng, meinan bukan chun.)*

❋

« Dès qu'une jolie femme entre dans la maison, celle qui est laide la déteste. » *(Meinü rushi, enü zhichou.)*

❋

« Belle ou laide, la femme qui entre au Palais sera jalousée ; sage ou sot, le lettré qui entre à la Cour sera jalousé. » *(Nü wu mei'e, rugong jianji, shi wu xian buxiao, ruchao jianji.)*

❋

« Contempler un objet et penser à la personne. » *(Duwu siren.)*

❋

« A la vue de nouvelles personnes, ne plus penser aux anciennes. » *(Jianle xinren wang jiuren.)*

❋

« Le prince de Chu aimant les tailles de guêpe, les femmes de son palais se laissent mourir de faim. » *(Churen ai xiyao, gongzhong duo e'si.)*

❋

« On trouve des milliers d'individus pour se réjouir du malheur d'autrui, mais il n'y en a pas la moitié d'un qui fasse un effort pour autrui et partage sa souffrance. » *(Xingzai lehuo qianren you, tili fenyou bange wu.)*

⁂

« Celui qui est intelligent prend plaisir à l'eau, celui qui est vertueux prend plaisir à la montagne ; le premier est actif, le second est calme, le premier est heureux, le second vivra vieux. » *(Zhizhe le shui, renshe le shan ; zhizhe dong, renzhe jing, zhizhe le, renzhe shou.)*

(Confucius, Entretiens, VI, 23.)

⁂

« Sous le socle de la lampe il fait noir. » *(Dengtai xiamian shi heide.)*

(Il est plus difficile de se connaître que de connaître les autres.)

⁂

« Un cœur suspicieux engendre des démons cachés. » *(Yixin sheng angui.)*

⁂

« Ne connaître que l'argent, et ne connaître personne. » *(Zhi rènqian bu rènrén.)*

⁂

« Un homme fait du mal et dix mille en pâtissent. » *(Yiren zuo e, wanren shou yang.)*

⁂

« L'arrogance conduit à la défaite. » *(Jiao bi zibai.)*

⁂

« L'arrogant est un sot, le sot est un arrogant. » *(Jiaozhe yu, yuzhe jiao.)*

❊

« Personne ne porte de fleur fanée, personne ne supporte un arrogant. » *(Canhua meiren dai, zijiao meiren ai.)*

❊

« Celui dont les narines sont tournées vers le ciel tombera dans une fosse à purin. » *(Bikong chaotian de ren, hui diexia fenkeng.)*

❊

« Le dragon a neuf fils et chacun aime autre chose. » *(Long you jiuzi, geyou suohao.)*

❊

« Les jolies femmes ont toujours préféré les jeunes gens. » *(Zigu Chang'e ai shaonian.)*

❊

« On ne joue jamais sur des gongs et des tambours volés. » *(Toulaide luogu, dabude.)*

❊

« Un homme aussi honnête soit-il ne saurait rester affamé trois jours. » *(Haohan e'bude sanri.)*

❊

« Dans un tripot, on ne connaît plus ni père ni mère. » *(Shangle dubochang, bu ren die he niang.)*

❊

« Dans un tripot, il n'y a plus ni père ni fils. » *(Dubochangshang wu fuzi.)*

❋

« Dans le jeu il n'y a plus d'homme de bien. » *(Duli wu junzi.)*

❋

« Le jeu rapproche du vol, la débauche du crime. » *(Du jin dao, yin jin sha.)*

❋

« Le jeu est le voisin du vol. » *(Du yu dao weilin.)*

❋

« Multitude de bouches s'accorde difficilement. » *(Zhongkou nantiao.)*

❋

« Les gens pressés ne sont pas intelligents. » *(Mangren wuzhi.)*

❋

« Les gens nerveux parlent trop. » *(Xingzi zao deren huaduo.)*

❋

« Ce n'est pas une lampe à économiser l'huile. » *(Bushi shengyou de deng.)*

(Se dit des personnes expansives.)

❋

« Tout débauché connaîtra un malheur à sa mesure. » *(You qiyinzhe, biyou qihuo.)*

❊

« Il faut être sérieux dans les affaires, mais pas lorsqu'on se met en colère. » *(Zuoshi yao zhen, shengqi yao jia.)*

❊

« Une fois formé, l'apprenti frappe son maître. » *(Jiaohui tudi da shifu.)*

❊

« Chercher un os dans un œuf. » *(Jidanli tiao gutou.)*

❊

« Vouloir manger de la viande de porc, mais craindre de se graisser la bouche. » *(Xiangchi zhurou, youpa youzui.)*

❊

« Le cœur voudrait bien, mais les forces ne suffisent pas. » *(Xin youyu er li buzu.)*

❊

« La personne est âgée, mais son cœur ne l'est pas. » *(Renlao xin bulao.)*

❊

« Une fois acquises les cinq céréales, en désirer une sixième. » *(Youle wugu xiang liugu.)*

(Les « cinq céréales » désignaient traditionnellement le riz, le millet glutineux, le millet non glutineux, le blé, les haricots.)

❊

« Celui qui a goûté aux cinq céréales pense à une sixième ; celui qui est empereur pense à devenir immortel. » *(Chile wugu xiang liugu, zuole huangdi xiang dengxian.)*

❊

« Obtenir un et convoiter dix, obtenir dix et convoiter cent. » *(Deyi wangshi, deshi wangbai.)*

❊

« Le cœur de l'homme n'est jamais satisfait : a-t-il obtenu Long que déjà il regarde vers Shu. » *(Renxin buzhizu, de Long er wang Shu.)*

(Long et Shu : deux régions au nord-ouest et au sud-ouest du pays.)

❊

« La viande dans le bol des autres paraît plus grasse. » *(Renjia wanli rou fei.)*

❊

« Depuis cette montagne, l'autre paraît plus haute. » *(Zheshan wangzhe nashan gao.)*

❊

« Vouloir à la fois être courtisane et faire ériger un monument en l'honneur de sa chasteté. » *(Youxiang dang biaozi, youxiang shu zhenjie paifang.)*

❊

« Mendier sa nourriture dans une écuelle en argent. » *(Nazhe yinwan taofan.)*

❊

SDF en Cadillac

"Homeless with a cadillac"

« L'homme de bien sait attendre trois années avant de se venger, l'homme mesquin aspire à une vengeance immédiate. » *(Junzi baochou, zhi dai sannian, xiaoren baochou, zhi zai yanqian.)*

❊

« Les pleurs de la jeune mariée sont des rires, les rires du recalé aux examens sont des pleurs. » *(Chujia de guinü ku shi xiao, luodi de juzi xiao shi ku.)*

❊

« Le rire est la source des larmes. » *(Xiao shi ku de gen.)*

❊

« Se gifler le visage pour le rendre joufflu. » *(Dazhong lian chong pangzi.)*

❊

« Ici il n'y a pas trois cents taëls d'argent. » *(Cidi wuyin sanbailiang.)*

(Phrase figurant sur une pancarte pour dissuader les voleurs : une dénégation aussi éloquente qu'un aveu.)

❊

« Prendre une sapèque pour cangue. » *(Yige qian dang jia dai.)*

(Être esclave de l'argent. La cangue était une pièce de bois entravant la tête d'un prisonnier ; l'analogie est renforcée par le fait que les sapèques étaient percées d'un trou carré.)

❊

« On n'entaille jamais profondément sa propre chair. » *(Zirou ge bushen.)*

❋

« Couper la queue du chat pour la mélanger à son repas. » *(Ge mao'r wei, ban mao'r fan.)*

(Mettre systématiquement autrui à contribution.)

❋

« Dès que l'on frappe on a déjà tort pour un tiers. » *(Yida sanfen di.)*

❋

« Un mur qui voudrait faire barrage aux eaux du fleuve Jaune. » *(Yiduo qiang xiangdu Huanghe shui.)*

❋

« L'un défend que la gueule du tigre est grande, l'autre soutient que le cou du taureau est large. » *(Yige pianshuo hukou da, yige pianshuo niujing cu.)*

(Une polémique oiseuse.)

❋

« Se lamenter pour les anciens. » *(Ti guren danyou.)*

❋

« Il ne faut jamais faire montre d'arrogance ni lâcher la bride à ses désirs. » *(Ao buke zhang, yu buke zong.)*

❋

« Convoiter de petits profits et perdre les grands. » *(Tan xiaoli, shi dali.)*

❊

« En ne convoitant pas les profits faciles, on ne se laisse pas tromper. » *(Butan pianyi bushangdang.)*

❊

« L'homme meurt pour des richesses, l'oiseau meurt pour de la nourriture. » *(Ren weicai si, niao weishi si.)*

❊

« Tirer sur ses sourcils pour se masquer les yeux. » *(Chele meimao gai yanjing.)*

❊

« Peser le combustible avant d'allumer l'âtre, compter les grains de riz avant de faire la cuisine. » *(Chengxin er cuan, shumi re shui.)*

(Huainanzi, chap. « Taizu xun ».)

(Des actes insignifiants. Autre sens : une avarice extrême.)

❊

« Petit visage va reprocher à autrui ses grosses fesses. » *(Lianxiao yuan renjia piguda.)*

❊

« Les gens laids sont souvent ceux qui font le plus d'histoires. » *(Chouren duo zuoguai.)*

❊

« Un homme au visage laid ne doit pas reprocher au miroir d'être de travers. » *(Lianchou moguai jingzi wai.)*

⁂

« Avoir un visage ignoble et prétendre que les autres sont des créatures. » *(Ziji yilian mao, pianshuo bieren shi yaojing.)*

⁂

« Quelle personne ayant du fard résisterait à se l'appliquer sur le visage ? » *(Shei you zhifen buwanglian ca ?)*

⁂

« Le visage laid aime à se poudrer. » *(Lianchouren ai cafen.)*

⁂

« Les gens laids aiment porter des fleurs. » *(Renchou ai daihua.)*

⁂

« Une jolie fleur est souvent portée sur la tête d'une jolie personne. » *(Haohua changdai meirentou.)*
(La beauté attire la beauté.)

⁂

« La beauté partie, l'amour se relâche. » *(Seshuai aichi.)*

(Sima Qian, Shiji, « Biographie de Lü Buwei ».)

⁂

« La luxure est un couteau assassin. » *(Se shi sharen dao.)*

⁂

« La luxure n'égare pas les gens, les gens s'égarent eux-mêmes. » *(Se bumiren, ren zimi.)*

❊

« Les choses agréables sont plus revigorantes que le ginseng. » *(Huanxi de dongxi bi rensheng hai bu.)*

❊

« Il faut éviter de se laisser emporter par la colère, il faut parler moins vite quand on est content. » *(Jinfang nulixing, manfa xizhongyan.)*

❊

« Qui peut dominer une colère passagère s'évite cent jours de misère. » *(Rende yishi zhi qi, mian bairi zhi you.)*

❊

« Chaque coup de colère est un coup de vieux, chaque sourire est un coup de jeune. » *(Naoyinao laoyilao, xiaoyixiao shaoyishao.)*

❊

« Des paroles prononcées sous le coup de la joie s'oublient facilement, des paroles prononcées sous le coup de la colère déshonorent facilement. » *(Xishi zhiyan yi shixin, nushi zhiyan yi zhiti.)*

❊

« La colère, si elle survient chez un sage, n'apparaît jamais sur son visage. » *(Shengren nufa bushang-lian.)*

❊

« Le ressentiment abolit les liens familiaux, la colère abolit les civilités. » *(Yuan fei qin, nu fei li.)*

❊

« L'ivresse fait dire les mots qu'on aurait pu dire en étant sobre. » *(Zuishi xingshi yan.)*

❋

« La route semble longue avec un cheval indolent, les amis de l'avare trouvent qu'il habite loin. » *(Landuo dema lucheng yuan, linse deren pengyou yuan.)*

❋

« Qui n'a pas d'argent pour consommer de l'alcool envie chez les autres leur visage rougeaud. » *(Wuqian chijiu, duren mianchi.)*

❋

« Qui ne sait pas boire envie aux autres leur teint rubicond. » *(Ziji buhejiu, jidu renhonglian.)*

❋

« La paresse s'entretient par le repos, le courage s'entretient par la fatigue. » *(Xiecheng de lanzi, leicheng de hanzi.)*

❋

« Pour le tabac et l'alcool on ne tient pas de compte à part. » *(Yan jiu bufenjia.)*

❋

« Le buveur compatit avec l'ivrogne. » *(Tanbei xi zuiren.)*

CHAPITRE 10

L'étude

« Nourrir un enfant sans l'éduquer serait une faute chez un père ; enseigner la Voie sans rigueur serait de la paresse chez un maître. » *(Yangzi bujiao fu zhiguo, xundao buyan shi zhiduo.)*

❊

« Une mère bienveillante a souvent des enfants gâtés. » *(Cimu duo baizi.)*

(Han Fei, Han Fei zi, chap. « Xianxue ».)

❊

« Un fils mal éduqué, c'est la faute du père. » *(Zi bujiao, fu zhiguo.)*

❊

« La méthode pour éduquer ses enfants : le fils ne doit pas quitter son père, la fille ne doit pas quitter sa mère. » *(Jiaozi zhifa, mo jiao lifu ; jiaonü zhifa, mo jiao limu.)*

❊

« Un lettré ne doit pas éduquer lui-même ses enfants. » *(Xiucai buqin jiaozi.)*

❊

« Gâter ses enfants c'est tuer ses enfants. » *(Guanzi ru shazi.)*

❋

« Un enfant trop aimé ne réussit pas en affaires, une femme trop belle ne dirige pas une famille. » *(Pianlian zhizi bubaoye, nande zhifu buzhujia.)*

❋

« Le cheval doit être monté, un homme doit être pris en charge. » *(Ma yaoqi, ren yaolian.)*

❋

« Le jeune arbre doit être taillé, le jeune enfant doit être surveillé. » *(Xiaoshu yaojian, xiaohai yaoguan.)*

❋

« Ce que l'on apprend durant l'enfance est mieux gravé que dans la pierre. » *(Younian xuede, haobi shishang kede.)*

❋

« Croire tout ce qu'il y a dans les livres serait pire que de n'en avoir aucun. » *(Jinxin shu buru wushu.)*

(Mencius, Mengzi, VII, B, 3.)

❋

« Dérober des livres n'est pas voler. » *(Toushu buzei.)*

❋

« Les dix mille activités sont subalternes, l'étude seule est élevée. » *(Wanban jie xiapin, weiyou dushu gao.)*

❋

« Une famille dans laquelle aucun fils n'étudie, d'où viendrait un poste dans la bureaucratie ? » *(Jia wu dushu zi, guan cong hechu lai.)*

❊

« *L'Anthologie des lettres* toute racornie, c'est être bachelier à demi. » *(Wenxuan lan, xiucai ban.)*

❊

« Les particules de la langue classique bien employées révèlent le bon bachelier. » *(Zhi hu ye zhe yi yan zai, yong de chengzhang hao xiucai.)*

❊

« Quand on a lu dix mille volumes, les dieux semblent tenir votre plume. » *(Dushu po wanjuan, xiabi ru youshen.)*

❊

« En relisant cent fois, le sens se dégage spontanément. » *(Dushu baipian, qiyi zijian.)*

❊

« Ne plus lire depuis longtemps, c'est comme perdre un ami important. » *(Wang shu jiu, si shi liang you.)*

❊

« Lire forme le caractère. » *(Dushu keyi bianhua qizhi.)*

❊

« Le sac à livres n'a pas de fond. » *(Shunang wudi.)*

❊

« La vie est limitée mais la connaissance est illimitée. » *(Sheng youya, xue wuya.)*

(Zhuangzi, chap. III.)

❊

« On peut étudier jusqu'à la vieillesse, il y a toujours des choses que l'on ne saura pas. » *(Xue daolao, buhui daolao.)*

❊

« Travailler jusqu'à la vieillesse, étudier jusqu'à la vieillesse. » *(Zuo daolao, xue daolao.)*

❊

« On peine pendant dix ans à sa fenêtre, mais, sitôt que votre nom figure parmi les lauréats, tout l'empire vous connaît. » *(Shinian shoujin chuangqian ku, yiju chengming tianxia wen.)*

❊

« Revenir sur les choses anciennes et en apprendre de nouvelles. » *(Wengu er zhixin.)*

(Confucius, Entretiens, II, 11.)

❊

« Porter des millénaires d'histoire en son sein, avoir des voiturées de livres dans le ventre. » *(Xiongzang qiangu shi, fuyun wuche shu.)*

❊

« Les trois premières années d'études vous permettent d'aller partout, les trois suivantes rendent difficile le moindre pas. » *(Xianxue sannian, tianxia qude; zaixue sannian, cunbu nanxing.)*

*

« Il est facile d'apprendre mille disciplines, mais il est difficile d'en connaître une à fond. » *(Qianban yixue, yiqiao nantong.)*

*

« Connaître à fond un domaine vaut mieux que d'en connaître dix mille. » *(Yishi quanzhi, shengyu wanshi zhi.)*

*

« Les gens qui étudient sont aussi nombreux que les poils d'une vache, ceux qui réussissent sont aussi rares que les cornes de licorne. » *(Xue ru maoniu, cheng ru linjiao.)*

*

« Ne s'être jamais prosterné devant Confucius. » *(Meigei Kongfuzi keguo tou.)*

(N'avoir jamais étudié.)

*

« Vendre les classiques devant la porte de Confucius. » *(Kongfuzi menqian maijing.)*

(Une preuve d'impudence.)

*

« Devenir le disciple d'un maître, c'est comme une nouvelle naissance. » *(Baishi ru toutai.)*

*

« Le bleu extrait de l'indigo est plus bleu que l'indigo. » *(Qing chuyu lan, shengyu lan.)*

(Xunzi, chap. I.)

(L'élève dépasse le maître.)

❊

« Le disciple formé, le maître meurt de faim. » *(Jiaohui tudi, e'si shifu.)*

❊

« Prunes et pêches remplissent le monde subcéleste. » *(Taoli man tianxia.)*

(Les disciples d'un maître se rencontrent dans tout le pays.)

❊

« Les bons disciples sortent de chez les grands maîtres. » *(Mingshi chu gaotu.)*

❊

« Il y a des maîtres qui sont des champions, mais il n'y a pas de champions parmi les disciples. » *(You zhuangyuan shifu, meiyou zhuangyuan tudi.)*

(Phrase utilisée dans le monde du théâtre traditionnel.)

❊

« Un maître devient champion seulement si son disciple l'est devenu. » *(Youle zhuangyuan tudi, cai youle zhuangyuan shifu.)*

(La gloire de l'élève rejaillit sur le maître. Proverbe utilisé dans le monde du théâtre traditionnel, pendant inversé du précédent.)

❊

« Si tu respectes ton maître, ne discute pas sur le fait qu'il soit noble ou roturier, pauvre ou riche. » *(Zunshi, ze bulun qi gujian pinfu.)*

❊

« Un vase plein ne bouge pas, à moitié rempli, il bouge. » *(Yiping budong, banping yao.)*

(Ceux qui possèdent le vrai savoir ne le manifestent pas.)

❊

« Enseigner trois ans, c'est apprendre à soi-même. » *(Jiaoshu sannian jiao zishen.)*

❊

« Interroger cent personnes, c'est connaître cent choses. » *(Wen bairen, tong baishi.)*

❊

« Ce qu'on a appris en trois années peut être gâché en une journée. » *(Xuehao sannian xuehuai yitian.)*

❊

« Si l'on ne comprend pas qu'il faut étudier quand on a les cheveux noirs, on comprendra qu'il est trop tard quand on aura les cheveux blancs. » *(Heifa buzhi qinxue zao, baishou fanghui dushu chi.)*

❊

« C'est seulement en connaissant les points dont il faut avoir honte que l'on peut progresser dans les arts martiaux. » *(Xuedao zhixiu chu, wuyi caineng gao.)*

❊

« Celui qui comprend ses insuffisances aime étudier, celui qui a honte d'interroger des subalternes n'est qu'un orgueilleux. » *(Zhi buzuzhe haoxue, chi xiawenzhe ziman.)*

❊

« Sans l'étude, même les choses simples sont difficiles. » *(Buxue, ze yizhe yinan yi.)*

❊

« Trois parts de génie pour sept parts d'étude. » *(Sanfen tiancai qifen xue.)*

❊

« Sans quitter son logis le lettré connaît toutes les affaires du monde. » *(Xiucai buchumen, quanzhi tianxia shi.)*

(L'idée apparaît dans Laozi, chap. XXXXVII. Ce proverbe fut critiqué par Mao Tsé-toung dans son essai *De la pratique* [1937].)

❊

« Dût-il mourir de faim, le lettré ne vendrait pas ses livres. » *(Xiucai e'si bumaishu.)*

❊

« Ne pas avoir d'encre dans le ventre. » *(Duzili mei moshui.)*

(Une absence de culture.)

❊

« Un jade naturel non sculpté ne révèle pas ses veines, un homme de bien non éduqué ne révèle pas sa vertu. » *(Changyu buzhuo bucheng wenzhang, junzi buxue bucheng qide.)*

(Dong Zhongshu, 179-104 avant notre ère.)

❊

« Le savant étudie les sages sans les égaler, le sage qui étudie arrive au degré suprême. » *(Xuezhe shi xue shengren er wei zhizhe, zhengren shi wei xue er ji zhizhe.)*

(Zhu Xi, Zhuzi yulei, chap. XXI.)

❊

« A peine a-t-on appris à raser les crânes que l'on tombe sur un barbu. » *(Chuxue titou jiu pengdao manlianhu.)*

❊

« Ce qui approche l'or finit par ressembler à l'or, ce qui approche le jade finit par ressembler au jade, en approchant un charpentier on finira par manier la scie. » *(Aijin sijin, aiyu siyu, aizhe mujiang hui laju.)*

❊

« Si l'on fait semblant de comprendre alors qu'on n'a rien compris, on restera un abruti. » *(Budong zhuangdong yongshi fantong.)*

CHAPITRE 11

La famille

« La famille a ses règles comme l'armée a ses lois. » *(Jia you jiagui, jun you junfa.)*

❊

« La famille a ses règles comme le pays a ses lois. » *(Jia you jiagui, guoyou guo fa.)*

❊

« Si l'on ne sait pas administrer une famille, comment gouvernerait-on un pays ? » *(Buneng qijia, qineng zhiguo.)*

❊

« Une famille n'a pas deux maîtres, un pays n'a pas deux rois. » *(Jia wu erzhu, guo wu erjun.)*

❊

« Une famille s'appuie sur ses fils aînés, un pays s'appuie sur ses grands ministres. » *(Jia ping changzi, guo ping dachen.)*

❊

« Si l'on veut la richesse, il faut vénérer ses ancêtres. » *(Ruo yaofu, jing shangzu.)*

❊

« Le mot *endurer* est un trésor dans une famille. » *(Ren zi jiazhongbao.)*

❊

« Si l'on ne sait pas feindre la bêtise et la surdité, on ne fait pas de bons grands-parents. » *(Buchi bulong, bucheng gugong.)*

❊

« On n'est jamais plus familier qu'entre parents, on n'est jamais plus intime qu'entre époux. » *(Qin buguo fumu, jin buguo fuqi.)*

❊

« Ne vous éloignez pas tant que vos parents sont là. » *(Fumu zai buyuanyou.)*

(Confucius, Entretiens, IV, 19.)

❊

« Quand tout va bien on peut compter sur les autres, quand tout va mal on ne peut compter que sur sa famille. » *(Haoshi shi taren, e'shi shijiaren.)*

❊

« Dans l'urgence l'homme s'appuie sur ses parents. » *(Ren ji wei qin.)*

❊

« Dans sa famille mille jours passent en douceur, dehors chaque instant est dur. » *(Zaijia qianri hao, chujia yishi nan.)*

❊

« Une lettre de sa famille vaut mille pièces d'or. » *(Jiashu di wanjin.)*

(Vers de Du Fu, poème Chunwang.)

❊

« A chaque fête, on redouble de pensées pour sa famille. » *(Meifeng jiajie peisi qin.)*

(Vers de Wang Wei [701-761], poème Jiu yue jiu ri yi Shandong xiongdi.)

❊

« Les affaires de l'État sont faciles à trancher, les affaires de famille sont difficiles à tirer au clair. » *(Guoshi haoduan, jiashi nanqing.)*

❊

« Quand un membre d'une famille enfreint la loi, la faute rejaillit sur son chef. » *(Jiaren fanfa, zui zuo jiazhu.)*

❊

« Le plus intègre des magistrats tranche difficilement les affaires de famille. » *(Qingguan nanduan jiawu shi.)*

❊

« Chaque famille a un *sutra* difficile à lire. » *(Jiajia douyou yiben nannian de jing.)*

❊

« Dans quelle famille le bas du chaudron n'est-il pas couvert de suie ? » *(Shei jia guodishang mei hui.)*

❊

« Quand on dirige une famille pendant trois ans, même le chien est mécontent. » *(Dangjia sannian, gou yexian.)*

❊

« Dans une famille de quinze personnes, sept bouches s'opposent à huit langues. » *(Yijia shiwukou, qizui bakou.)*

❊

« Dix étoiles ne sauraient masquer la lune. » *(Shige mingxing dangbude yue.)*

(Primauté accordée jadis au fils de l'épouse légitime par rapport aux enfants nés des concubines.)

❊

« Les frères cadets et aînés sont proches comme les mains et les pieds. » *(Xiongdi rutong shouzu.)*

❊

« Enrichir une famille, c'est comme transporter de la terre sur une épingle, ruiner une famille est aussi simple que l'eau entraînant un bateau. » *(Xingjia youru zhen tiaotu, baijia haosi shui tuizhou.)*

❊

« Grand, un garçon doit prendre femme ; grande, une fille doit se marier. » *(Nanda danghun, Nüda dangjia.)*

❊

« A trente ans on doit prendre femme, à vingt on doit prendre un mari. » *(Sanshi er qu, ershi er jia.)*

⁂

« Devenue grande, une fille ne doit plus rester dans sa famille. » *(Nüda buzhongliu.)*

⁂

« Parler argent lors d'un mariage est une manière de barbares. » *(Hunyin luncai, yilu zhi dao.)*

⁂

« Sans les femmes il n'y aurait pas de familles. » *(Wufu bucheng jia.)*

⁂

« Une épouse s'éduque les trois premiers jours, un enfant le premier mois. » *(Sanchao xifu, yueli hai'r.)*

⁂

« Si le mari est injuste, l'épouse ne sera pas soumise. » *(Fu buyi, fù bushun.)*

⁂

« On ne répudie pas l'épouse des temps difficiles. » *(Zaokang zhi qi buxiatang.)*

⁂

« Mari et femme sont comme les oiseaux du même bois, il arrive que chacun s'envole de son côté. » *(Fuqi benshi tonglin niao, daxian laishi ge xianfei.)*

⁂

« Mari et femme ne restent jamais fâchés plus d'une nuit. » *(Fuqi wu geye zhichou.)*

⁂

« Entre époux on ne doit pas dire la vérité, entre amis on ne doit pas mentir. » *(Fuqi mianqian mo shuozhen, pengyou mianqian mo shuojia.)*

⁂

« Un seul lit et deux bonheurs. » *(Yichuang lianghao.)*

⁂

« La couverture du lit ne couvre pas des gens différents. » *(Yige chuangbeili bugai liangyang ren.)*

⁂

« En discutant sur l'oreiller, l'épouse obtient neuf fois sur dix ce qu'elle désire. » *(Qi shi zhenbianren, shishi shangliang jiushi cheng.)*

⁂

« Mari et femme un jour, c'est cent jours d'allégresse ; mari et femme cent jours, c'est une vie de tendresse. » *(Yiri fuqi bairi en, bairi fuqi yibeizi qin.)*

⁂

« Une longue séparation, c'est comme un nouveau mariage. » *(Jiubie ru xinhun.)*

⁂

« Une épouse sage, ce sont des malheurs en moins pour son mari. » *(Fu xian, fu huo shao.)*

⁂

« Une épouse sage chez soi ? le mari ne connaît pas d'accident. » *(Jia you xianqi, zhangfu buzao hengshi.)*

⁂

« Une femme laide, c'est le trésor d'une maison : cela évite bien des préoccupations. » *(Chouren jiazhongbao, kemian re fannao.)*

⁂

« Le mari veut une soupe de raviolis et la femme des pâtes. » *(Gong yao hundun, po yao mian.)*

⁂

« En achetant une maison on doit regarder les poutres, en épousant une femme on doit regarder la mère. » *(Maiwu yao kanliang, quqi yao kanniang.)*

⁂

« Quand on épouse une femme il faut regarder les frères. » *(Taoqi kanjiu.)*

⁂

« Si l'on n'a pas encore vu sa future, il suffit de regarder ses frères. » *(Weikan laopo xiankan jiu.)*

⁂

« Quand on aime une fleur on aime aussi le vase ; quand on aime sa fille on aime aussi son gendre. » *(Aihua lian'ai pen, ainü tong nüxu.)*

⁂

« Un gendre a la moitié de la charge d'un fils. » *(Nüxu you banzi zhilao.)*

⁂

« Le premier mariage dépend des parents, le second mariage dépend de soi. » *(Xianjia you dieniang, houjia you ziji.)*

(Se disait d'une femme dont les parents choisissaient le mari.)

⁂

« Quand une corde est brisée on peut la remplacer, mais quand le cœur s'en est allé rien ne peut le retenir. » *(Duanxian you kexu, xinqu zui nanliu.)*

(La corde brisée était une métaphore pour la mort d'une épouse.)

⁂

« La nouvelle lune redeviendra pleine, la corde brisée sera remplacée. » *(Queyue chongyuan, duanxian zaixu.)*

(Expression employée quand un homme se remarie ou retrouve son épouse.)

⁂

« Une femme qui a deux ans de plus que son mari, c'est chaque jour plus d'argent, trois ans de plus, c'est de l'or. » *(Qi da liang, huangjin riri chang ; qi da san, huanjin ji ru shan.)*

⁂

« La femme pressée n'épouse pas un bon mari. » *(Mangponiang jiabudao haohanzi.)*

⁂

« La femme intelligente ne se marie pas dans une famille ruinée, le sage n'entre pas au service d'un pays détruit. » *(Zhefu bujia pomang zhijia, mingxian buguan miejue zhiguo.)*

*

« Bander les pieds de la mariée dans le palanquin. » *(Shangjiao cai guojiao.)*

(Une action qui vient un peu tard.)

*

« Plutôt être l'épouse d'un mari pauvre que la concubine d'un homme riche. » *(Ningzuo pinren qi, mozuo furen qie.)*

*

« Plutôt être putain qu'un tel époux. » *(You xu ruci, buru wei chang.)*

*

« Il ne faut jamais exhiber les tares de la famille. » *(Jiachou buke waiyang.)*

*

« Être tantôt la belle-mère, tantôt la bru. » *(Youshi zuo popo, youshi zuo xifu.)*

(Être à la fois servie et obligée de servir.)

*

« Une belle-mère fait la moue ? Dix autres en font autant. » *(Yige popo waizui, shige popo waizui.)*

(Récrimination des belles-mères envers leurs brus. Influence de la critique.)

*

« Quand une épouse devient belle-mère, elle rabâche ses vérités comme une vieille mule tourne la meule. » *(Xifu dang pozi, mo daoli lao luozi.)*

*

« Un enfant doit être corrigé sur-le-champ, une épouse se sermonne en privé. » *(Dangmian jiaozi, beihou quanqi.)*

❊

« Quand un enfant part à mille *li,* sa mère se ronge d'inquiétude, quand une mère part à mille *li,* l'enfant n'est même pas triste. » *(Er xing qianli mu danyou, mu xing qianli er buchou.)*

❊

« Quand l'enfant est grand, il ne dépend plus de maman. » *(Er da buyou niang.)*

❊

« Plutôt détruire trois temples que de briser un mariage. » *(Ningchai zanzuo miao, bupo yijia hun.)*

❊

« Briser un foyer, c'est se condamner à neuf générations de pauvreté. » *(Po renqin, jiushi pin.)*

❊

« A famille harmonieuse, jours prospères. » *(Jia he, rizi wang.)*

❊

« Dans une famille où règne l'harmonie, les dix mille choses aboutissent. » *(Jiahe wanshi cheng.)*

❊

« Une famille où ne règne pas l'harmonie est humiliée par autrui. » *(Jia buhe bei ren qi.)*

❊

« Quand on raccompagne un parent, la route semble toujours trop brève ; la route qui nous ramène dans notre famille paraît toujours trop longue. » *(Songqin delu duan, huanxiang delu chang.)*

❊

« Une fille mariée, c'est de l'eau renversée. » *(Jiachuqu de nü'er, pochuqu de shui.)*

❊

« Élever des enfants, c'est parer à la vieillesse. » *(Yang'er fangbei lao.)*

❊

« Mariée à un coq, suis ton coq ; mariée à un chien, suis ton chien. » *(Jiaji suiji, jiagou suigou.)*

❊

« Des voisins proches valent mieux que des parents lointains. » *(Yuanqin buru jinlin.)*

❊

« Quand on reste trois ans sans se rendre visite, même les parents ne font plus partie de la famille. » *(Sannian bushangmen dangqin ye buqin.)*

❊

« Qui ne dirige pas une famille ignore la cherté du combustible et du riz. » *(Budangjia buzhi chaimi gui.)*

❊

« En élevant des enfants, on comprend la bonté de son père. » *(Yang'er fangzhi fu ci.)*

❊

« La vieille huître engendre une perle brillante. » *(Laobang sheng mingzhu.)*

(Se dit des parents qui ont des enfants sur le tard.)

❊

« Mille fleurs de pêcher poussent sur le même arbre. » *(Qianduo taohua yishu sheng.)*

(Se dit des enfants nés de mêmes parents.)

❊

« Boire du thé dans deux familles. » *(Chi liangjia cha)*.

(Se disait d'une femme ayant accepté deux demandes en mariage. Les fiançailles étaient scellées par une cérémonie durant laquelle la fiancée acceptait de boire du thé.)

❊

« S'il n'y avait pas de nuages dans le ciel, il n'y aurait pas de pluie, s'il n'y avait pas d'entremetteuses sur terre, il n'y aurait pas de mariages. » *(Tianshang wuyun buxiayu, dishang wumei buchenghun.)*

❊

« Une première génération d'entremetteuses, et trois générations grotesques. » *(Yidai meiren sandai chou.)*

(L'attitude grimaçante des entremetteuses était censée se transmettre à leur descendance.)

❊

« Les épouses petites crient le plus fort. » *(Cuolaopo gaosheng.)*

❊

« Une épouse intelligente doit souvent dormir avec un mari grossier. » *(Qiaofu changban zhuozhangfu.)*

❊

« Une jolie fleur plantée sur une bouse de vache. » *(Haohua cha zai niufen shang.)*

(Un mariage mal assorti ; se dit d'un femme supérieure à son mari.)

❊

« Ne pas quitter la maison quand on est âgé, c'est un privilège, ne pas quitter la maison quand on est jeune c'est un sacrilège. » *(Lao bulijia shi guiren, shao bulijia shi feiren.)*

❊

« Du côté maternel, les neveux tiennent souvent de leur oncle. » *(Waisheng duo zi jiu.)*

❊

« Un fils désobéissant et une épouse obtuse, c'est sans remède. » *(Nizi wanqi, wuyao kezhi.)*

❊

« L'argent achète difficilement une sage descendance. » *(Youqian nanmai zisun xian.)*

❊

« Ceux qui partagent le même patronyme sont d'une seule et même famille. » *(Tongxing shi yijia.)*

(En Chine, un nombre relativement réduit de noms de famille est porté par la majorité de la population.)

❊

« Il y a cinq cents ans nos familles étaient parentes. » *(Wubainian shi yijia.)*

(Se dit entre personnes portant le même nom de famille.)

❊

« La nouvelle épouse s'active les trois premiers jours. » *(Xinlai xifu sanri qin.)*

❊

« Parmi les fruits d'un arbre, il y en a d'acides et de sucrés ; parmi les enfants d'une mère, il y a des imbéciles et des sages. » *(Yishu zhiguo, yousuan youtian ; yimu zhizi, youyu youxian.)*

❊

« Une autre mère n'aurait pu engendrer un tel enfant. » *(Fei cimu buneng sheng cizi.)*

(Sima Qian, Shiji [« Mémoires historiques »].)

❊

« Tel père, tel fils. » *(You qifu biyou qizi.)*

(Kong congzi, chap. « Ju Wei ».)

❊

« Si vous avez un fils, ne lui reprochez pas d'être idiot. » *(Youzi mo xian yu.)*

❊

« Plutôt élever un fils espiègle qu'un fils idiot. » *(Ningyang wanzi, moyang daizi.)*

❊

« Le père et le fils ne suivent pas la même voie. » *(Fuzi butongdao.)*

❋

« Un fils ayant de la piété filiale, c'est une consolation pour un père. » *(Zixiao fuxin kuan.)*

❋

« Un enfant gâté ignore la piété filiale. » *(Jiaozi buxiao.)*

❋

« A père bienveillant, fils filial. » *(Fuci zixiao.)*

❋

« Les fils ont plus de piété filiale que les filles. » *(Xiaozi duo, xiaonü shao.)*

❋

« Les neuf fils n'ont pas enterré leur père, c'est la fille qui tresse pour lui un cercueil de rotin. » *(Jiuzi buzang fu, yinü da jingguan.)*

(Une fille peut valoir neuf garçons.)

❋

« Il y a trois manquements à la piété filiale, mais le pire est de n'avoir pas de descendance. » *(Buxiao yousan, wuhou wei da.)*

(Mencius, Mengzi, IV, A, 26.)

❋

« Qui n'a pas de fils à quarante ans peut prendre une concubine. » *(Sishi wuer dang quqie.)*

❋

« Un ministre doit toujours être loyal, un fils doit toujours faire preuve de piété filiale ». *(Weichen buke buzhong, weizi buke buxiao)*.

❊

« Un fils n'a aucun mal à dépenser l'argent de son père. » *(Zi yong fuqian xin butong.)*

❊

« Le fils qui enrichit une famille chérit le fumier comme de l'or, le fils qui ruine une famille jette l'or comme du fumier. » *(Qijia zhizi, xifen ru jin ; baijia zhizi, qijin ru fen.)*

❊

« Un fils doit rembourser les dettes paternelles. » *(Fuzhai zihuan.)*

❊

« Celui qui a trois parents pauvres n'est pas riche, celui qui a trois parents riches n'est pas pauvre. » *(You sanmen qiongqinqi busuan fu ; you sanmen fuqinqi busuan qiong.)*

CHAPITRE 12

La politique

« Le peuple se protège par la confiance. » *(Min bao yu xin.)*

(Zuozhuan, « Duc Ding, 14e année ».)

❈

« Le seigneur est le bateau, les gens ordinaires l'eau : l'eau porte le bateau ou le fait chavirer. » *(Junzhe zhou ye, shuren shui ye, shui ze zaizhou, shui ze fuzhou.)*

(Xunzi, chap. « Wang zhi ».)

❈

« Veut-on connaître la situation de la Cour, il suffit d'interroger le peuple des campagnes. » *(Yaozhi chaozhong shi, cunye wen xiaomin.)*

❈

« Quand on entre dans un pays, il faut s'enquérir de ce qui est interdit. » *(Ruguo wenjin.)*

❈

« Pour un poste que l'on n'occupe pas, on ne trace pas de politique. » *(Buzai qi wei, bumou qi zheng.)*

(Confucius, Entretiens, VIII, 14.)

❈

« Deux héros ne peuvent cohabiter. » *(Liangxiong bubingli.)*

❊

« Le plus fort devient roi. » *(Li da wei wang.)*

❊

« Sans une bonne ouïe et une bonne vue on ne devient pas roi, sans être aveugle et sourd on ne devient pas duc. » *(Bucong buming, buneng wang ; bugu bulong, buneng gong.)*

(Shen Dao, Shenzi, chap. « Junren ».)

❊

« Celui qui gagne devient roi, celui qui perd devient bandit. » *(Chengzhe wang, baizhe zei.)*

❊

« Celui qui devient souverain est celui à qui on verse les grains. » *(Shei dang huangshang, gei shei naliang.)*

❊

« On respecte l'habit même si l'on ne respecte pas l'homme. » *(Zhijing yishan bujing ren.)*

❊

« Un nouvel empereur : de nouveaux ministres. » *(Yichao tianzi, yichao chen.)*

❊

« Un souverain doit mourir pour son pays. » *(Guojun si sheji.)*

⁂

« L'empereur a beau être grand, il ne peut commander au ciel. » *(Huangshang suida, guanbuliao tian.)*

⁂

« Tant qu'on n'a pas été reçu en audience par l'empereur, il faut courtiser ses ministres. » *(Weiqu chao tiangzi, xianlai ye xianggong.)*

⁂

« Un ministre loyal ne craint pas la mort, celui qui craint la mort n'est pas un ministre loyal. » *(Zhongchen bupasi, pasi buzhongchen.)*

⁂

« Un ministre loyal ne sert pas deux maîtres. » *(Zhongchen bu erzhu.)*

⁂

« Dans un pays en proie au chaos apparaissent des ministres loyaux. » *(Guoluan chu zhongchen.)*

⁂

« Il n'est pas difficile de devenir ministre, il suffit d'avoir un cœur droit et des yeux clairvoyants. » *(Wei zaixiang bunan, yixin zheng, liangyan ming zu yi.)*

(Zhang Yanghao, Yuan.)

⁂

« Les mandarins se protègent entre eux. » *(Guanguan xianghu.)*

⁂

« Devenir mandarin, c'est la fin de l'idéal. » *(Zuoguan duozhi.)*

(Zhu Xi, Jinsi lu.)

❋

« Dans la grandeur et la décadence de l'empire, le moindre des hommes détient une part de responsabilité. » *(Tianxia xingwang, pifu you ze.)*

❋

« Dans la conduite de l'État, la puissance des barbares ne mérite pas que l'on s'en afflige, pas plus que le manque de ressources, seule l'absence de compétences constitue le plus grand péril. » *(Zigu wei guojia zhe, yidi qiangsheng buzu huan, huocai kongkui buzu huan, wei rencai shuaishao wei zuida huan.)*

(Xu Luqing des Song.)

❋

« Côtoyer un souverain, c'est comme côtoyer un tigre. » *(Banjun ru banhu.)*

❋

« N'essayez pas de devenir mandarin si vous n'avez personne à la Cour. » *(Chaoli wuren mo zuoguan.)*

❋

« Il est aisé d'être mandarin quand on a quelqu'un à la Cour. » *(Chaozhong youren hao zuoguan.)*

❋

« Un officiel ne craint pas de manquer de subalternes. » *(Youguan buchou zaoli.)*

*

« Quand quelqu'un devient mandarin, toute sa famille en profite. » *(Yiren dangguan, quanjia shoulu.)*

*

« Pour une personne à la Cour, cent personnes desserrent leur ceinture. » *(Yiren zaichao, bairen huandai.)*

*

« Quand un fils bénéficie des bontés impériales, toute sa famille goûte aux célestes émoluments. » *(Yizi shou huang'en, quanjia shi tianlu.)*

*

« Lorsque quelqu'un obtient le pouvoir, ses poules et ses chiens montent au ciel. » *(Yiren dedao, jiquan shengtian.)*

*

« Quand on goûte à la cuisine des mandarins, on adopte leur accent. » *(Chi guanfan, da guanqiang.)*

*

« Au service d'un mandarin on acquiert de la puissance, près des cuisines on acquiert de la pitance. » *(Jinguan de li, jinshui de shi.)*

*

« Mieux vaut être un seul jour mandarin que mille ans parmi le peuple. » *(Yiri weiguan, qiangsi qianzai weimin.)*

Guan = mandarin

❋

« L'arbre renversé, les macaques se dispersent. » *(Shu dao husun san.)*

(La chute d'un puissant entraîne la dispersion de ses protégés.)

❋

« Faire partie des mandarins importants est périlleux : l'arbre élevé attire le vent. » *(Guanda youxian, shuda zhaofeng.)*

❋

« L'arbre élevé attire le vent, un poste élevé attire le malheur. » *(Shuda zhaofeng, guanda zhaohuo.)*

❋

« Apercevoir le mandarin, c'est déjà trois dixièmes d'une catastrophe. » *(Jianguan sanfen zai.)*

❋

« Le pauvre ne lutte pas contre le riche, le riche ne lutte pas contre le mandarin. » *(Qiong buyu fu dou, fu buyu guan dou.)*

❋

« Le mandarin ne se prosterne pas devant le peuple. » *(Guan bubai min.)*

❋

« Dans le mot f**O**ncti**O**nnaire il y a deux bouches. » *(Guan zi liangzhang kou.)*

(Les mandarins pratiquent le double langage. Littéralement : « Le mot *guan* a deux bouches » ; la phrase s'appuie sur la graphie du caractère *guan* (fonctionnaire) qui ressemble au radical de la bouche redoublé.)

❊

« Les sentiments chez un officiel sont minces comme du papier. » *(Guanqing ru zhibao.)*

❊

« Sous la coiffe en crêpe des mandarins, il n'y a pas de pauvres. » *(Shamao dixia wu qionghan.)*

❊

« Le monde des mandarins est comme une scène de théâtre. » *(Guanchang ru xichang.)*

❊

« Un haut fonctionnaire qui ne voudrait pas d'argent ferait mieux de retourner sur ses terres ; un petit fonctionnaire qui n'exigerait pas d'argent ne pourrait marier ses enfants. » *(Daguan buyaoqian, buru zao guitian, xiaoguan busuoqian, ernü wu yinyuan.)*

❊

« Un fonctionnaire intègre ne le reste pas toujours. » *(Qingguan budaotou.)*

❊

« Le chien ne mord jamais ceux qui viennent souhaiter le nouvel an, le mandarin ne frappe jamais ceux qui apportent de l'argent. » *(Gou buyao bainian de, guan buda songqian de.)*

❊

« Le fonctionnaire intègre a des subordonnés faméliques, la divinité efficace engraisse le prieur du monastère. » *(Guan qing sili shou, shen ling miaozhu fei.)*

(Les offrandes d'un temple sont consommées par les moines.)

❋

« Le préfet s'autorise à incendier, tandis que le peuple n'a pas le droit d'allumer une lampe. » *(Zhixu zhouguan fanghuo, buxu baixing diandeng.)*

❋

« Des mandarins condamnent à mort avec le sourire. » *(Xiaoguan dasi ren.)*

❋

« Le mandarin qui prend ses fonctions a trois fers au feu. » *(Xinguan shangren sanbahuo.)*

(Efforts déployés par un homme de pouvoir pour impressionner ses administrés.)

❋

« Si long que soit le fouet, il n'atteint pas le ventre du cheval. » *(Sui bian zhichang, buji mafu.)*

(Tout pouvoir a ses limites.)

❋

« Gouverner le pays, c'est comme planter un arbre : quand le tronc et les racines ne bougent pas, les branches et les feuilles sont abondantes. Si un souverain est capable d'être pur et calme, pourquoi le peuple ne serait-il pas en paix et heureux ? » *(Zhiguo youru zaishu, bengen buyao, ze zhiye maorong. Jun neng qingjing, baixing he de buanle hu ?)*

(Zhenguan zhengyao, des Tang.)

❊

« Les principes gouvernent les gens honnêtes, les lois gouvernent les gens méchants. » *(Li zhi haoren, fa zhi hairen.)*

❊

« Une loi ne reste jamais rigoureuse plus de trois jours. » *(Fa wu sanri yan.)*

❊

« Cinquante coups de planchette pour chacun. » *(Ge da wushi daban.)*

(Administrer un châtiment sans distinguer entre les plaideurs ; une justice expéditive.)

❊

« Tuer un poulet pour effrayer les singes. » *(Shaji xiahou.)*

❊

« Déchirer la tunique impériale, c'est la mort, assassiner l'empereur, c'est la mort aussi. » *(Sile longpao yeshi si, dasi taizi yeshi si.)*

❊

« Qui mange la moitié d'un bol de quelqu'un devient son obligé. » *(Chiren banwan, you ren shihuan.)*

❊

« Celui qui reçoit ses émoluments du roi Zhou ne dira jamais que ce dernier est un tyran. » *(Chi Zhouwang fenglu, bushuo Zhouwang wudao.)*

(Le roi Zhou, dernier roi des Shang, est l'archétype du souverain de perdition.)

⁂

« L'un chante le visage peint en rouge, l'autre chante le visage peint en blanc. » *(Yige chang honglian, yige chang bailian.)*

(Situation dans laquelle deux personnes manient respectivement la carotte et le bâton. Allusion aux rôles peints de l'opéra de Pékin : les visages rouges incarnent les figures héroïques, les visages blancs jouent les personnages fourbes.)

⁂

« Le ciel est haut et l'empereur est loin. » *(Tiangao huangdi yuan.)*

(Autonomie par rapport au pouvoir central.)

⁂

« Lors de petits désordres il faut habiter à la ville, lors de grands désordres il faut habiter à la campagne. » *(Xiaoluan zhu cheng, daluan zhu xiang.)*

⁂

« Tuer de sa plume sans avoir à user d'un couteau. » *(Bixia sharen buyong dao.)*

⁂

« Si le vent d'est n'écrase pas le vent d'ouest, le vent d'ouest écrasera le vent d'est. » *(Dongfeng buya xifeng, jiushi xifeng ya dongfeng.)*

(Métaphore utilisée pour décrire les rapports au sein de la famille, et reprise dans la phraséologie communiste pour galvaniser les forces révolutionnaires.)

⁂

« Quand vous buvez de l'alcool, ne parlez pas d'affaires officielles. » *(Chijiu buyan gongwushi.)*

⁂

« C'est seulement dans les affaires importantes qu'il convient de n'être pas négligent. » *(Dashi buhutu.)*

(Phrase attribuée au deuxième empereur des Song – il régna de 976 à 997 –, qui fit nommer ministre un homme à qui l'on reprochait sa négligence.)

⁂

« Même l'empereur a dans sa famille des gens qui portent des sandales en paille. » *(Huangdi yeyou caoxieqin.)*

⁂

« Les Trois Royaumes sont finalement revenus à Sima Yi. » *(Sanguo jingui Sima Yi.)*

(Personne qui s'arroge le bénéfice d'une entreprise. Sima Yi [179-251] fut ministre au service de l'État de Wei, grand-père du fondateur de la dynastie Jin [265-420] qui mit fin à la tripartition de la Chine.)

⁂

« Tous les passants connaissent le cœur de Sima Zhao. » *(Sima Zhao zhi xin, luren jiezhi.)*

(Des ambitions notoires. Sima Zhao [211-265], général de Wei, dont les menées permirent la fondation de la dynastie Jin par son fils Sima Yan.)

⁂

« Quand les fonctionnaires l'y obligent, le peuple se soulève. » *(Guanbi minfan.)*

⁂

« Être obligé de gagner les monts Liang. » *(Bishang Liangshan.)*

(Entrer en dissidence. Autre sens : être contraint de faire quelque chose. Allusion au roman *Au bord de l'eau*.)

❊

« Quand des lettrés se soulèvent, trois ans plus tard il ne s'est rien passé. » *(Xiucai zaofan, sannian bucheng.)*

❊

« Plutôt être un chien par temps de paix que de vivre dans une période de chaos. » *(Ningwei taiping quan, mozuo luanli ren.)*

CHAPITRE 13

La religion

« Au lieu d'emprunter le chemin du paradis, se jeter dans l'enfer sans issue. » *(Tiantang youlu ta buzou, diyu wumen zilai tou.)*

❊

« Sauver une vie vaut mieux que de construire une pagode à sept étages. » *(Jiuren yiming, shengzao qiji futu.)*

❊

« Il vaut mieux épargner la vie plutôt que de tuer. » *(Shasheng buru fangsheng.)*

❊

« Quand le roi Yama condamne quelqu'un à mourir à la troisième veille, qui oserait retenir cette personne jusqu'à la cinquième ? » *(Yanwang jiaoren sangeng si, shei gan liuren dao wugeng.)*

(Le roi Yama est le roi des Enfers dans la religion bouddhique.)

❊

« Il vaut mieux avoir affaire au roi Yama que d'affronter ses subalternes. » *(Yanwang haojian, xiaogui nandang.)*

❊

« A peine a-t-on échappé au roi Yama qu'on tombe sur un petit démon. » *(Cai tuole Yanwang, you zhuangzhe xiaogui.)*

❊

« Respecter les spectres et les dieux tout en les tenant à distance. » *(Jing guishen er yuan zhi.)*

(Confucius, Entretiens, VI, 22.)

❊

« Tenir pour un dieu ce qui est manifestement un démon. » *(Fenming shi gui, dang ta shi shen.)*

❊

« L'œil profane ne reconnaît ni un dieu ni un immortel. » *(Suyan bushi shenxian.)*

❊

« Là où il y a des monts, il y a de l'eau ; là où il y a des hommes, il y a des démons. » *(Youshan biyou shui, youren biyou gui.)*

❊

« Le jour ne parlez pas des hommes, la nuit ne parlez pas des spectres. » *(Rili mo shuoren, yeli mo shuogui.)*

(Croyance selon laquelle le fait d'évoquer des personnes ou des fantômes avait pour effet de les faire survenir.)

❊

« Les tours joués par les spectres de la montagne sont sans limites, mais l'indifférence du vieux moine est infinie. » *(Shangui zhi jiliang wuxian, laoseng zhi buwen budu wuqiong.)*

❋

« Avoir un spectre dans le ventre. » *(Duzili huaizhe guitai.)*

(Un esprit suspicieux.)

❋

« Les spectres aussi craignent les méchants. » *(Gui yepa e'ren.)*

❋

« Les hommes craignent les spectres pour trois dixièmes, les spectres craignent les hommes pour sept dixièmes. » *(Ren you sanfen pagui, gui you qifen paren.)*

❋

« Plus on a peur, plus il y a de spectres. » *(Yuepa yueyou gui.)*

❋

« Quand on a peur des spectres, il y en a. » *(Pagui yougui.)*

❋

« Celui qui a vu un spectre craint le noir. » *(Jianguo gui pa hei.)*

❋

« Quand on n'a rien à se reprocher dans la journée, on ne craint pas que les fantômes viennent hurler à la porte au milieu de la nuit. » *(Baitian buzuo kuixinshi, banye bupa gui jiaomen.)*

❋

« Dans un petit temple on ne sacrifie pas à un grand bodhisattva. » *(Xiaomiao gongbushang dapusa.)*

(Les bodhisattvas sont des êtres divins de la religion bouddhique chargés de veiller au salut des hommes.)

❊

« Un bodhisattva de plus, c'est un brûle-parfum de plus. » *(Duo yige pusa duo yi xianglu.)*

❊

« Un moustique qui pique un bodhisattva. » *(Wenzi ding pusa.)*

(S'attaquer à un puissant.)

❊

« Il ne faut jamais brûler de l'encens frelaté devant un vrai bodhisattva. » *(Zhen pusa shaoge shenme jiaxiang.)*

❊

« Les imbéciles ont aussi un bodhisattva imbécile pour les protéger. » *(Daizi you daipusa baoyou.)*

❊

« Dans le temple de la sottise trône le dieu de la sottise. » *(Hutumiaoli hutushen.)*

❊

« Les bodhisattvas ne protègent pas ceux qui n'ont pas de chance. » *(Pusa bubaoyou beishiren.)*

❊

« Un visage de bodhisattva et un cœur de scorpion. » *(Pusa mian, xiezi xin.)*

❊

« Un bodhisattva n'est efficace que dans son temple. » *(Pusa zhiyou ziji de miao cai ling.)*

❊

« Les bodhisattvas les plus efficaces sont toujours les plus loins. » *(Pusa zongshi yuanchu de ling.)*

❊

« Sacrifier à deux divinités dans le même temple. » *(Yige miao gong liangshen.)*

(Solliciter deux personnes importantes pour une même affaire.)

❊

« L'un tient l'encens, l'autre se prosterne. » *(Yige nian xiang, yige bai.)*

(Coopération dans une entreprise.)

❊

« Qu'il lise son *sutra*, moi je prie mon Bouddha. » *(Tanian tade jing, wonian wode Fo.)*

❊

« Chaque moine a son *sutra*. » *(Yige heshang yiben jing.)*

(Chacun propose une solution différente.)

❊

« Tel général, tel ordre, tel moine, tel *sutra*. » *(Yige jiangun yige ling, yige heshang yiben jing.)*

❊

« Quand on raccompagne le Bouddha, il faut le raccompagner jusqu'au paradis de l'Ouest. » *(Song Fo songdao Xitian.)*

(Une aide ne doit pas s'arrêter à mi-chemin.)

⁂

« Proférer le nom du bouddha Amitâbha tout en tenant un couteau pour tuer. » *(Zui nian Amituo, shou na sharendao.)*

(Des actes en contradiction avec les paroles. Le bouddha Amitâbha réside au paradis de l'Ouest.)

⁂

« Les yeux furibonds des rois adamantins valent moins que les sourcils baissés des bodhisattvas. » *(Jingang numu, buru pusa dimei.)*

(La menace est moins efficace que la clémence. Les rois adamantins sont les divinités menaçantes qui gardent l'entrée des temples ; les bodhisattvas expriment, au contraire, la compassion.)

⁂

« Un bonze qui ne parlerait pas des spectres ne recueillerait pas de riz dans sa besace. » *(Heshang bushuo gui, daili meiyou mi.)*

⁂

« Le bonze ignore le taoïste. » *(Heshang buzhi daoshi.)*

(Chacun prêche pour sa chapelle.)

⁂

« Les premiers à entrer en religion sont les maîtres, ceux qui suivent sont les disciples. » *(Xianjin shanmen wei shi, houjin shanmen wei di.)*

*

« Chaque jour le moine bat sa cloche. » *(Zuo yiri heshang, da yiri zhong.)*

*

« Le moine débutant aime frapper la cloche. » *(Xinlai heshang hao zhuangzhong.)*

*

« Le moine en fuite n'échappe pas à son monastère. » *(Paole heshang paobuliao miao.)*

*

« Détester les moines au point de haïr leur robe. » *(Taoyan hehang hen jiasha.)*

*

« Cent moinillons reconnaissent facilement le supérieur, le supérieur aurait du mal à reconnaître cent moinillons. » *(Yibaige xiaoheshang haoren yigelao heshang, yige laoheshang nanren yibaige xiaoheshang.)*

*

« Emprunter un peigne dans un monastère. » *(Heshang miaoli jie bizi.)*

(Le clergé bouddhique est rasé.)

*

« Manger végétarien trois jours et espérer entrer au paradis bouddhique. » *(Chile santian su, jiuxiang shang xitian.)*

*

« Gratter l'or sur le visage du Bouddha. » *(Fomianshang guajin.)*

❋

« Répandre des excréments sur la tête du Bouddha. » *(Fotou zhufen.)*

❋

« Ne jamais brûler d'encens en temps ordinaire, mais se jeter aux pieds du Bouddha dans l'urgence. » *(Xianshi bushao xiang, ji ze bao Fojiao.)*

❋

« Ne pas brûler d'encens tant qu'on n'a pas vu le Bouddha. » *(Bu jian zhen Fo bu shao xiang.)*

❋

« Implorer le bodhisattva lorsqu'on a besoin de lui, puis l'insulter quand on n'en a plus besoin. » *(Yongdezhao pusa qiu pusa, yongbuzhao pusa ma pusa.)*

❋

« Frapper le moine après qu'il eut récité les *sutra*. » *(Nianle jing, da heshang.)*

❋

« Ne traitez jamais le génie du sol autrement qu'en divinité. » *(Biena tudiye budang shenxian.)*

(Ménager les personnes qui ont un petit pouvoir.)

❋

« Remuer la terre sur la tête du dieu du sol. » *(Taisui toushang dongtu.)*

(Provoquer un puissant.)

❊

« Franchir une montagne sans se prosterner devant le dieu du sol. » *(Guoshan bubai tudiye.)*

(Mépris à l'égard des pouvoirs locaux. Autre sens : solliciter une faveur auprès de quelqu'un sans lui témoigner de marque de respect.)

❊

« Ceux qui se tournent vers les montagnes ne rendent pas toujours hommage aux dieux. » *(Chaoshan bushi quan weile jingshen.)*

❊

« Dans l'océan infini des douleurs, il suffit de tourner la tête pour apercevoir la rive. » *(Kuhai wubian, huitou shi an.)*

(Proverbe bouddhique : le salut est à portée de main pour peu que l'on se convertisse.)

❊

« Quand les Huit Immortels franchissent la mer, chacun fait merveille. » *(Baxian guohai, gexian shentong.)*

(Une conjugaison de talents. Ces huit figures du panthéon religieux populaire se composent d'une femme, He Xiangu, et de sept acolytes masculins, Han Zhongli, Zhang Guolao, Han Xiangzi, Tieguai Li, Lü Dongbin, Cao Guojiu, Lan Caihe.)

❊

« Quand le temple sera restauré, les dieux seront vieux. » *(Xiude miao lai, laole heshang.)*

❊

« N'aider ni les moines ni les nonnes. » *(Bubang heshan, bubang nigu.)*

(Une attitude impartiale.)

❋

« Même si vous faites perdre la face au moine, ne la faites pas perdre au Bouddha. » *(Bukan sengmian, kan Fomian.)*

❋

« Quand le temple est grand, le dieu est efficace. » *(Miaoda shen jiu ling.)*

❋

« Les petits spectres n'ont jamais vu de grandes offrandes. » *(Xiaogui buceng jianguo damantou.)*

❋

« Craindre les fantômes à l'avant du bateau et craindre les pirates à l'arrière. » *(Chuantou pa gui, chuanwei pa zei.)*

❋

« Le Bouddha est habillé par ses dorures, l'homme est habillé par ses parures. » *(Fo yao jin zhuang, ren yao yi zhuang.)*

❋

« Se contenter de parler du temple sans montrer les dieux à l'intérieur. » *(Guanggei renjia shuomiao, meijiao renjia kanshen.)*

(Refuser d'entrer dans le vif du sujet.)

❋

« Les voisins d'un temple n'accordent pas d'importance aux moines. » *(Jinsi renjia buzhong seng.)*

❊

« Quand les génies des portes sont vieux, ils ne chassent plus les esprits. » *(Menshen laole buzhuo gui.)*

❊

« Les petits spectres sont dans l'incapacité de payer les dettes du roi Yama. » *(Xiaogui dingbuliao Yanwang zhai.)*

(Les complices ne doivent pas porter la faute du principal coupable.)

❊

« Quand on craint de manger végétarien, il ne faut pas devenir moine. » *(Pa chizhai bugai dang heshang.)*

❊

« La loi des mandarins fait mourir sous les coups, la loi du Bouddha fait mourir de faim. » *(Yizhe guanfa dasha, yizhe Fofa e'sha.)*

❊

« Être à la fois le chamane et le fantôme. » *(Youdang wupo youzuo gui.)*

(Jouer un rôle bénéfique et un rôle funeste.)

❊

« Zhang le Maître céleste se laisse égarer par les spectres. » *(Zhang Tianshi bei gui mi.)*

(Une situation anormale. Zhang Daolin, le Maître céleste, patriarche d'une des sectes du taoïsme méridional, avait le pouvoir de soumettre les démons.)

*

« Se tromper de temple et rendre un culte à la mauvaise divinité. » *(Zoucuole miaomen, jingcuole shen.)*

*

« Devenir moine au milieu de sa carrière. » *(Banlu chujia.)*

(Se reconvertir).

*

« Il est facile de devenir moine, il est difficile de revenir à la vie séculière. » *(Chujia rongyi, huansu nan.)*

CHAPITRE 14

Les sens

« Ce que les yeux voient est sûr, les paroles que l'on rapporte ne sont pas forcément vraies. » *(Yanjian fangwei shi, chuanyan weibi zhen.)*

❊

« Ce que les oreilles entendent est trompeur, ce que les yeux voient est vrai. » *(Erting weixu, yanjian weishi.)*

❊

« Ce que les oreilles n'entendent pas, le cœur ne s'en soucie pas ; ce que les yeux ne voient pas, la bouche ne le convoite pas. » *(Er buting xin bufan, yan bujian zui buchan.)*

❊

« Peindre des démons et des spectres est aisé, peindre des chiens et des chevaux est difficile. » *(Hua guimei yi, hua gouma nan.)*

(Han Fei, Han Fei zi.)

❊

« Peindre un tigre en regardant un chat. » *(Kanmao huahu.)*

❊

« Peindre une calebasse d'après modèle. » *(Yiyang hua hulu.)*

(Une absence d'esprit créatif.)

❋

« Plus l'art est élevé, plus l'audace est grande. » *(Yigao ren danda.)*

❋

« Quand un air est difficile, rares sont ceux qui peuvent le suivre. » *(Qugao hegua.)*

(Song Yu.)

❋

« Mieux vaut transmettre un art à son fils que de lui léguer mille pièces d'or. » *(Ci zi qianjin buru ci zi yiyi.)*

❋

« Après trente ans, un homme ne doit plus commencer à apprendre un art. » *(Ren guo sanshi buxue yi.)*

❋

« Un art habile nécessite beaucoup de travail. » *(Gongduo chu qiaoyi.)*

❋

« Dans un portrait, le plus difficile est de peindre les yeux. » *(Huaren, nan huayan.)*

❋

« Un peintre ne se prosterne pas devant l'effigie des dieux. » *(Huajiang bugei shen zuoyi.)*

⁂

« Le talent artistique n'est jamais un fardeau. » *(Yi duo buyashen.)*

⁂

« Les qualités et les défauts d'un texte ne viennent pas du ciel. » *(Wenzhan deshi buyoutian.)*

⁂

« Ne pas accéder à la salle de la Grande Élégance. » *(Budeng daya zhi tang.)*

(Se dit des œuvres vulgaires, par opposition aux genres artistiques majeurs. Allusion à une salle construite en 1160 pour abriter un poème de Du Fu gravé sur pierre, d'après une calligraphie de Huang Tingjian [1045-1105].)

⁂

« L'encre se frotte aussi lentement que si l'on était malade. » *(Yan mo ru bing.)*

(Mojing [« Classique de l'encre »].)

⁂

« Trois jours sans tenir un pinceau, même un bachelier perdrait la main. » *(Santian butibi, xiucai shou yesheng.)*

⁂

« Trois jours sans chanter, on perd la voix ; trois jours sans jouer, la taille devient raide. » *(Santian buchang kousheng, santian buyan yaoying.)*

(L'opéra traditionnel exige un entraînement constant.)

⁂

« Trois minutes sur scène et trois ans d'efforts au pied de la scène. » *(Taishang sanfen zhong, taixia sannian gong.)*

❊

« Sans ressemblance il n'y aurait pas de théâtre, trop de ressemblance, il n'y aurait plus d'art. » *(Buxiang bushi xi, taixiang bushi yi.)*

❊

« Un an pour faire pousser une fleur, dix jours pour la contempler. » *(Nonghua yinian, kanhua shiri.)*

❊

« En colère on peint des bambous, dans la joie on peint des orchidées, quand on n'est ni en joie ni en colère on peint des pivoines. » *(Nu hua zhu, xi hua lan, buxi bunu hua mudan.)*

(La disposition d'esprit de l'artiste se traduit dans son œuvre. Le bambou symbolise l'intégrité, son dessin exige des traits courts et fermes, l'orchidée élégante et délicate requiert des traits souples et lents ; la pivoine – la reine des fleurs – suppose une technique intermédiaire.)

❊

« Dans les familles pauvres on ne cuisine pas végétarien : lorsqu'on est pressé, on n'a pas le loisir d'écrire en cursive. » *(Jiapin buban sushi, congrong bu xia caoshu.)*

(Certaines situations produisent un résultat contraire à l'effet escompté. La cuisine végétarienne est plus onéreuse que la cuisine ordinaire ; la calligraphie cursive, malgré son apparente facilité, exige plus d'efforts que l'écriture régulière.)

*

« Un puits ne se creuse pas d'un coup de pioche, un dragon ne se peint pas d'un trait de pinceau. »
(Yiqiu wabuchu jing, yibi huabucheng long.)

« Avec de l'argent on ferait tourncr des meules par des spectres. » *(Youqian nengshi gui tuimo.)*

⁂

« Quand une personne a le sens de l'épargne, toute sa famille s'enrichit. » *(Yiren zhi jian, yijia fu.)*

⁂

« Celui qui accomplit de grandes choses ne rechigne pas devant de menues dépenses. » *(Chengdashizhe, buxi xiaofei.)*

⁂

« Ceux qui ont de l'argent le dépensent ensemble, ceux qui ont un cheval le montent ensemble. » *(Youcai tongxiang, youma tongqi.)*

⁂

« Trop de richesses nuisent à l'intelligence du sage trop de richesses accroissent les erreurs de l'homme ordinaire. » *(Xianren duocai, ze sun qizhi ; changren duocai, ze yi qiguo.)*

⁂

« Sans profit personne ne se lèverait tôt. » *(Meili buqizao.)*

⁂

« On boit pour l'ivresse, on prête pour la richesse. » *(Chijiu tuzui, fangzhai tuli.)*

⁂

« L'effort, c'est un arbre d'où tombent les sapèques ; l'épargne, c'est un coffre à trésor. » *(Qin shi yaoqianshu, jian shi jubaopen.)*

❋

« L'argent achète difficilement le médicament du remords. » *(Youqian nanmai houhuiyao.)*

❋

« L'argent ne rachète pas la jeunesse. » *(Youqian nanmai shaonian shi.)*

❋

« Il est des sourires que mille pièces d'or peuvent difficilement acheter. » *(Qianjin nanmai yixiao.)*

❋

« L'homme court vers les places élevées comme l'eau coule vers le bas. » *(Ren wang gaochu zou, shui wang dichu liu.)*

❋

« Qui a de l'argent est un dragon, qui n'en a pas un charançon. » *(Youqian yitiao long, wuqian, yi tiao chong.)*

❋

« La maison des nobles est aussi profonde que la mer. » *(Houmen shensi hai.)*

❋

« Les gens importants ont souvent la mémoire courte. » *(Guiren duo wang shi.)*

❋

« La fille de l'empereur n'a aucun souci pour son mariage. » *(Huangdi nü'er buchou jia.)*

❋

« La rareté d'une chose fait sa valeur. » *(Wu yixi weigui.)*

❊

« Ce qui est bien ne se vend pas à vil prix. » *(Haode bujianmai.)*

❊

« Il n'y a pas de bonnes marchandises bon marché. » *(Pianyi mei haohuo.)*

❊

« Un prix élevé attire des clients de loin. » *(Gaojia zhao yuanke.)*

❊

« Les bonnes marchandises se passent de publicité. » *(Haohuo buxu guanggao.)*

❊

« Dans l'empressement on ne regarde pas au prix. » *(Mang buze jia.)*

❊

« Dans un navire vermoulu il reste encore trois mille clous. » *(Dachuan lanle, haiyou sanqiange ding)*.

❊

« La ruine évite bien des malheurs. » *(Pocai jiushi mianzai.)*

❊

« Trop de poux finissent par ne plus démanger, trop de dettes finissent par ne plus attrister. » *(Shi duole buyang, zhai duole buchou.)*

❊

« L'habit donne de l'autorité à l'homme, l'argent de l'audace. » *(Yi shi ren zhiwei, qian shi ren zhidan)*.

❊

« Mieux vaut devenir riche après avoir été pauvre, que de devenir pauvre après avoir été riche. » *(Ningke pinhoufu, buke fuhoupin)*.

❊

« Les pauvres repensent à leurs anciens débiteurs. » *(Qiongren si jiuzhai.)*

❊

« Le commerce est aisé, mais il est difficile de trouver un bon commis. » *(Shengyi haozuo, huoji nankao)*.

❊

« Même si une vente n'aboutit point, l'humanité et le devoir demeurent. » *(Maimai bucheng renyi shangzai.)*

❊

« Dans le commerce on ne prend pas d'argent aux gens que l'on connaît. » *(Maimai buzhuan shuren qian.)*

❊

« Une maison fondée sur la cupidité n'en profite pas longtemps. » *(Kebo chengjia, wujiuxiang.)*

❋

« La cupidité ne rapporte pas, l'honnêteté ne nuit pas. » *(Kebo buzhuanqian, zhonghou buzheben.)*

❋

« L'homme pauvre a peu d'amis, l'habit en loques a beaucoup de poux. » *(Renqiong pengyou shao, yipo shizi duo.)*

❋

« La pauvreté ne se masque pas, la laideur ne trompe personne. » *(Qiong zhebude, chou manbude.)*

❋

« Personne ne se soucie du pauvre qui habite près du marché animé ; le riche vivant dans les montagnes reculées trouve encore des parents éloignés. » *(Pin ju naoshi wuren wen, fu zai shenshan you yuanqin.)*

❋

« Corps de mendiant, bouche d'empereur. » *(Qishi shen, huangdi zui.)*

(Disparité entre le statut social et les manières d'être. Proverbe taïwanais.)

❋

« Lorsque vous attachez un âne boiteux devant votre porte, même vos parents proches ne vous connaissent plus. » *(Menqian quanzhe bojiao lü, jiushi zhiqin yebu qin.)*

❋

« Lorsque vous attachez un fier coursier devant votre porte, même les étrangers vous prennent pour un parent. » *(Menqian xi de gaotou ma, bushi qin lai yeshi qin.)*

❋

« Les pauvres ont des soucis de pauvres, les riches des soucis de riches. » *(Qiong you qiongchou, fu you fuchou.)*

❋

« Il est facile de vivre dans la pauvreté et il est difficile de jouir de ses richesses : plutôt supporter la douleur que des chatouilles. » *(Qiong yiguo, fu nanxiang ; ning shoutong, mo shouyang.)*

❋

« Le riche est dépensier sans l'avoir appris, le pauvre est économe sans l'avoir appris. » *(Fu buxueshe ershe, pin buxuepin er pin.)*

❋

« Zhang le troisième a de l'argent mais ne sait pas le dépenser, Li le quatrième sait dépenser mais n'a pas d'argent. » *(Zhang San youqian buhui shi, Li Si huishi que wuqian.)*

❋

« Les riches ont des vêtements pour les quatre saisons, les pauvres portent le même habit les quatre saisons. » *(Furen siji chuanyi, qiongren yi chuan siji.)*

❊

« Les poux des riches ont les yeux débridés. » *(Furen de shizi shuangyanpi.)*

(Ce sont toujours les mêmes qui sont privilégiés.)

❊

« Qui porte des chaussures ignore la souffrance de qui marche pieds nus. » *(Chuanxie buzhi chijiao ku.)*

❊

« La vendeuse de fleurs n'a que des feuilles de bambou à mettre dans ses cheveux, la vendeuse de fil a sa jupe déchirée. » *(Maihua guniang cha zhuye, maixian guniang qunzi lie.)*

❊

« La vendeuse d'onguents se coiffe avec de l'eau, le vendeur de viande n'a que des os à ronger. » *(Maiyou niangzi shui shutou, mairou erlang ken gutou.)*

❊

« Celui qui a faim ne choisit pas sa nourriture, celui qui a froid ne choisit pas ses habits, celui qui est pressé ne choisit pas sa route, celui qui est pauvre ne choisit pas sa femme. » *(Ji buze shi, han buze yi, huang buze lu, pin buze qi.)*

❊

« Le temple du Roi céleste n'a pas été construit par une seule famille, le pont Luoyang ne s'est pas construit en un jour. » *(Yijia gaibuqi Tianwangmiao, yiri zaobuqi Luoyangqiao.)*

(Le pont Luoyang, au Fujian, construit entre 1053 et 1059 et long de 1 200 mètres, est un des chefs-d'œuvre de l'architecture Song.)

*

« Hormis la croûte au fond de la marmite, il n'y a quasiment plus de riz. » *(Chule guoba meiyou duoshao fan.)*

(La part inutile dépasse de beaucoup la part utile.)

*

« Beaucoup de moines pour peu de bouillie. » *(Sengduo zhoushao.)*

*

« Sans dettes on se sent le corps léger. » *(Wuzhai yishen qing.)*

*

« Même un immortel fixerait difficilement le cours des feuilles. » *(Xianren nanduan yejia.)*

(Il s'agit des feuilles de mûrier destinées à nourrir les vers à soie et dont le cours était très fluctuant.)

*

« Qui aime emprunter n'aime pas rendre. » *(Aijie deren bu ai huan.)*

*

« L'alcool est blanc mais rougit le visage, l'or est jaune mais noircit le cœur. » *(Baijiu hong renmian, huangjin hei shixin.)*

*

« Il ne faut pas acheter du vinaigre avec l'argent pour l'huile. » *(Dayou de qian bumai cu.)*

(Il faut s'en tenir à un projet. Ce proverbe connaît différentes variantes : « Il ne faut pas acheter du vinaigre avec l'argent pour la sauce soja », etc.)

❊

« Compter l'argent devant les gens n'est pas mesquin. » *(Dangmian shuqian buwei xiaojian.)*

❊

« Dépenser moins pour le cheval que pour la selle. » *(Maima qian shao, maian qian duo.)*

❊

« Le boulier qui sert à comptabiliser l'argent n'est jamais perdant. » *(Suanpan zhuzi buchikui.)*

❊

« Mieux vaut vouloir des terres que des tigres ou des dragons. » *(Yaolong yaohu, buru yaotu.)*

❊

« Quand on a des noix, la gaule pour les faire tomber n'est pas un problème. » *(You hetao buchou meibang qiao.)*

CHAPITRE 16

Le boire et le manger

« Pour le peuple, la nourriture c'est le ciel. » *(Min yishi weitian.)*

(Sima Qian, Shiji [« Mémoires historiques »].)

⁂

« Quand le riz de Suzhou et de Changzhou est mûr, tout l'empire mange à satiété. » *(Su Chang shu, tianxia zu.)*

(Ces deux préfectures au Jiangsu étaient considérées comme le grenier à riz de la Chine.)

⁂

« Le même riz nourrit cent personnes différentes. » *(Yiyang mi yang baiyangren.)*

⁂

« Les belles-lettres ne nourrissent pas leur homme. » *(Wenzhang buliao ji.)*

⁂

« Celui dont le ventre crie famine ne peut converser avec celui qui est repu. » *(Duji moyu baoren yan.)*

⁂

« Dans la cuisine il y a des restes, et dans la rue quelqu'un a faim. » *(Chuzhong you shengfan, lushang you jiren.)*

(Phrase prononcée par les moines en quête de nourriture.)

❊

« Sait-on que dans un plat chaque grain de riz a coûté un effort ? » *(Sheizhi panzhongcan, lili jie xinku).*

❊

« Les années de famine, il n'y a plus de parents. » *(Huangnian wu liuqin.)*

❊

« Les années de disette, un cuisinier ne meurt jamais de faim. » *(Qiannian e'busi chuzi.)*

❊

« Les yeux sont rassasiés mais le ventre crie famine. » *(Yanbao duzhong ji.)*

❊

« Celui qui a faim est facile à nourrir, celui qui a soif est facile à désaltérer. » *(Jizhe yi wei shi, kezhe yi wei yin.)*

(Mencius, Mengzi, II, A, 1.)

❊

« Celui qui a soif n'est pas regardant sur la boisson. » *(Ke buze yin.)*

❊

« L'alcool peut construire, mais l'alcool peut détruire. » *(Jiu neng chengshi, jiu neng baishi.)*

⁂

« Rien de tel que l'alcool pour raccourcir la vie. » *(Duansong yisheng weiyou jiu.)*

⁂

« Après l'alcool, il n'y a plus de vertu. » *(Jiuhou wude.)*

⁂

« L'alcool est l'entremetteur de la luxure. » *(Jiu shi se de meiren)*.

⁂

« L'alcool, c'est l'entremetteur du malheur. » *(Jiu nai huo zhimei.)*

⁂

« L'alcool trouble la nature, la luxure égare les gens. » *(Jiu luanxing, se miren)*.

⁂

« Ce n'est pas l'alcool qui enivre, on s'enivre soi-même. » *(Jiu buzuiren, ren zizui.)*

⁂

« Il faut moins boire et davantage apprendre. » *(Jiu yao shaochi, shi yao duozhi)*.

⁂

« Quand l'alcool est bon, on ne craint pas de s'aventurer dans des ruelles reculées. » *(Haojiu bupa gangzi shen.)*

❋

« Avoir l'audace due à l'alcool, sans avoir l'énergie que donne un repas. » *(You jiudan, wu fanli.)*

❋

« Une ivresse efface mille tristesses. » *(Yizui jie qianchou.)*

❋

« Sans alcool il est difficile de recevoir des invités, sans fumier il est difficile de planter du blé. » *(Meijiu nan qingke, meifen nan zhongmai.)*

❋

« Qui vend à manger ne craint pas les gros mangeurs, qui vend de l'alcool ne craint pas les grands buveurs. » *(Maifande bupa daduzihan, maijiude bupa hailiang.)*

❋

« Chaque gorgée et chaque bouchée qu'on consomme sont déterminées par le destin. » *(Yiyin yizhuo mofei qianding.)*

❋

« En mangeant une bouchée de moins au dîner on peut vivre quatre-vingt-dix-neuf ans. » *(Wanfan shaochi yikou, huodao jiushijiu.)*

❋

« La voie à suivre concernant la nourriture : n'être ni affamé ni gavé ; cela s'appelle protéger ses cinq viscères. » *(Fanshi zhidao, wuji wubao, shi wei wuzang zhibao)*.

(Lüshi chunqiu, chap. « Jinshu ».)

❋

« Plutôt que de se soigner en prenant des médicaments, mieux vaut se soigner en mangeant. » *(Yaobu buru shibu.)*

❋

« Buvez moins d'eau avant de vous coucher, et pour dormir évitez le thé. » *(Shuishi shaoyin shui, shuiqian buyin cha.)*

❋

« Un repas qui commence par un bouillon épargne les prescriptions. » *(Chifan, xian hetang, buyong qing yaofang.)*

❋

« Dessiner une galette ne permet pas de tromper sa faim. » *(Huabing buke chongji)*.

❋

« Étancher sa soif en contemplant des prunes, tromper sa faim en peignant une galette. » *(Wangmei zhike, huabing chongji.)*

❋

« La poire dans l'arbre n'étanche pas la soif de celui qui est au pied. » *(Shushang deli jiebuliao shuxiaren deke.)*

❋

« Quand le riz fait défaut, il faut ajouter de l'eau. » *(Mi bugou, shui laicou.)*

❋

« Sans poulet il n'est pas de vrai banquet. » *(Wuji bucheng yan.)*

(Le poulet [*ji*] est une volaille de bon augure en raison de son homophonie avec le terme *faste*.)

❋

« Manger au Guangdong et s'habiller à Shanghai. » *(Chi zai Guangdong, chuan zai Shanghai.)*

❋

« Près des montagnes on se nourrit de la montagne, près de l'eau on se nourrit de l'eau. » *(Kaoshan chishan, kaoshui chishui.)*

❋

« La cuisine familiale est la meilleure. » *(Jiachangfan haochi.)*

❋

« Les sept courses quand on ouvre la porte : l'huile, le sel, le bois, le riz, la sauce soja, le vinaigre, le thé. » *(Kaimen qijian shi : you, yan, chai, mi, jiang, cu, cha.)*

❋

« Celui qui a goûté, ne fût-ce qu'une bouchée, au gibier à plume ne l'échangerait pas contre une demi-livre d'une autre viande. » *(Nengchi feiqin yikou, bushi zoushou banjin.)*

❋

« Un plat qui n'est pas passé par les mains d'un cuisinier garde toujours un arrière-goût de sauce soja. » *(Bujing chuzi shou, zongyou dian jiangbanqi.)*

*

« Sur dix cuisiniers, neuf se gardent de trop saler. » *(Shige chuzi jiuge dan.)*

(Il est préférable d'ajouter du sel que de rectifier un plat trop salé.)

*

« Le sucre fait ressortir le sel. » *(Wutian bucheng xian.)*

*

« Si l'on veut qu'une préparation soit sucrée, il faut saler un peu. » *(Ruoyao tian, jiadian yan.)*

*

« Sans laideur, la beauté n'est pas mise en valeur ; sans sel, on sentirait moins le sucré. » *(Wuchou buxian jun, wuxian bucheng tian.)*

*

« Avoir mangé du fiel de tigre. » *(Chile hudan.)*

(Une intrépidité extraordinaire. La vésicule biliaire passe pour être le siège du courage.)

*

« Un goût trop fort, c'est toujours du poison. » *(Houwei bi xi du.)*

*

« L'amateur de thé ne fréquente pas les débits d'alcool. » *(Haochazhe buru jiulou.)*

*

« La viande de chien n'accède pas à la table des banquets. » *(Gourou shangbuliao daximian.)*

❋

« La crevette est petite mais trouve place dans les banquets. » *(Xiazi suiran xiao, quedeng dayanxi.)*

❋

« Les premiers mangeront la viande, les derniers mangeront le bouillon. » *(Xian laizhe chirou, hou laizhe hetang.)*

❋

« Le kaki qui n'a pas connu le givre n'est pas sucré. » *(Bujing shuang de shizi butian.)*

❋

« Un feu trop violent ne permet pas une bonne cuisine. » *(Jihuo shaobuhao fan.)*

❋

« On ne grille pas de bonnes galettes sur un feu trop vif. » *(Menghuo kaobuchu haoshaobing.)*

❋

« Le gingembre ne devient fort que quand il est vieux, le vinaigre n'est aigre que s'il est ancien. » *(Jiang shi laode la, cu shi chende suan.)*

❋

« L'alcool le plus suave peut produire le vin le plus aigre. » *(Zuichun dejiu hui chengwei zuisuan decu.)*

❋

« L'homme de bien ne mange pas une nourriture qui n'a pas de nom. » *(Junzi buchi wuming zhishi.)*

❋

« Si habile soit-elle, une femme ne peut cuisiner quand il n'y a pas de riz. » *(Qiaofu nanwei wumi zhichui.)*

⁂

« Quand la viande est abondante on récrimine si elle est grasse, quand la viande est rare on récrimine si elle est maigre. » *(Rouduo xian fei, roushao xian shou.)*

⁂

« Quand on a de la viande on déteste le gras, quand on n'a rien on mangerait même la peau. » *(Yourou xian fei, wurou chi pi.)*

⁂

« On cesse de goûter à la chère la plus exquise quand on est repu. » *(Zhenxiu baiwei, yibao bianxiu.)*

⁂

« Quand on a faim la balle de riz paraît aussi douce que le miel, quand on est repu même la viande ne semble plus appétissante. » *(E'shi chikang tian rumi, baoshi chirou ye buxiang.)*

⁂

« Sans huile la poêle ne décolle pas. » *(Wuyou butuo guo.)*

⁂

« Il ne faut pas cuisiner du caillé de soja végétarien dans une marmite ayant l'odeur de poisson. » *(Xingguoli aobuchu sudoufu.)*

❋

« Dans les familles où l'on ne mange pas de viande, les chiens n'ont pas d'os à ronger. » *(Jiali buchi rou, gouzi buxian gutou.)*

❋

« Qui peut manger des racines de légumes peut tout faire. » *(Yaode caigen, baishi kezuo.)*

❋

« Le gingembre qui pousse ici semble ne jamais être assez piquant. » *(Bendijiang bula.)*

❋

« Même pour une bouchée de viande il faut tuer un cochon. » *(Jiushi yikuai rou, ye deisha yitou zhu.)*

❋

« Il n'est pas de banquet qui ne finisse par se disperser. » *(Tianxia wubusan deyanxi.)*

CHAPITRE 17

La stratégie

« En période de paix, n'oublie pas le péril. » *(An buwang wei.)*

(Yijing, Le Livre des mutations.)

❉

« Il faut penser à la défaite avant de penser à la victoire. » *(Xianlü bai, houlü sheng.)*

❉

« Un pays a beau être grand, s'il aime la guerre il connaîtra la destruction ; l'empire a beau être en paix, s'il oublie la guerre il est en péril. » *(Guo suida, haozhan biwang ; tianxia suiping, wangzhan biwei.)*

(Sima Qian, Shiji [« Mémoires historiques »].)

❉

« Lorsqu'on se connaît soi-même et qu'on connaît l'autre, cent batailles deviennent cent victoires. » *(Zhiji zhibi baizhan baisheng.)*

(Sunzi, chap. « Mougong ».)

❉

« Personne n'a jamais triomphé en ignorant la situation de son ennemi. » *(Zigu weiyou buzhi diren zhi qing er nengshengzhe.)*

(Songshi [« Histoire des Song »].)

❋

« Tant que l'on ne s'est pas battu, on ne peut pas dire qu'on se connaît. » *(Buda bucheng xiangshi.)*

❋

« Quand les lèvres ont disparu, les dents ont froid. » *(Chunwang chihan.)*

❋

« Quand une chose n'a pas de maître, les gens se battent pour l'obtenir. » *(Wu wusuo zhu, ren bizheng zhi.)*

❋

« Jeter des œufs contre une pierre. » *(Na jidan wang shitou reng).*

❋

« Une armée s'entretient mille jours durant et ne s'emploie qu'un moment. » *(Yangbing qianri, yongbing yishi.)*

❋

« Une armée arrogante est condamnée à perdre. » *(Jiaobing bibai.)*

❋

« Une armée battue est comme une montagne renversée. » *(Bingbai ru shandao.)*

❋

« Les civilités d'abord, l'armée ensuite. » *(Xianli houbing.)*

(Dans un conflit, il faut commencer par la diplomatie avant de laisser parler les armes.)

❊

« Un seul homme garde la passe, dix mille ne peuvent l'ouvrir. » *(Yifu dangguan, wanfu mokai.)*

❊

« Une jarre de terre est appelée à se briser un jour au bord du puits, un général évite difficilement de périr au combat. » *(Waguan buli jingshang po, jiangjun nanmian zhenzhong wang.)*

❊

« Les soldats se plient aux ordres de leur général comme les herbes se plient sous le vent. » *(Bing sui jiangling ru cao suifeng.)*

❊

« Dans une bataille il n'y a pas de conjoncture permanente, pas plus que l'eau n'a de forme fixe. » *(Bing wu changshi, shui wu changxing.)*

(Sunzi, L'Art de la guerre, chap. « Xu-shi ».)

❊

« Généraux et ministres sont issus de familles pauvres. » *(Jiangxiang chu menhan.)*

❊

« Obtenir une armée est facile, solliciter un général est difficile. » *(Yaode qianjun yi, pianqiu yijiang nan.)*

❊

« La valeur d'une armée réside dans son excellence et non dans son nombre, la valeur d'un général réside dans sa stratégie et non dans son courage. » *(Bing zai jing er buzai duo, jiang zai mou er buzai yong.)*

❋

« Défendre officiellement Cao Cao tout en défendant secrètement Liu Bei. » *(Mingbao Cao Cao, anbao Liu Bei.)*

(Un ralliement de façade. Cao Cao [155-220], souverain de Wei, et Liu Bei [161-223], souverain de Shu, durant la période des Trois Royaumes, incarnent respectivement l'ambition cynique et la légitimité malheureuse.)

❋

« Une tortue couverte de poils, un lièvre à cornes. » *(Gui shengmao, tu shengjiao.)*

(Ces deux prodiges étaient un présage de guerre.)

❋

« Lâcher la bride un jour à l'ennemi, c'est préparer un malheur pour plusieurs générations. » *(Yiri zongdi, shushi zhi huan.)*

(Zuozhuan [« Annales Printemps-Automnes »], « Duc Xi, 33e année ».)

❋

« Une victoire momentanée réside dans la force, une victoire durable réside dans la raison. » *(Yishi zhi sheng zaiyu lì, qiangu zhi sheng zaiyu lî.)*

❋

« Des trente-six stratagèmes, la fuite est le suprême. » *(Sanshiliuji, zou wei shangji.)*

CHAPITRE 18

Les métaphores animales

« Le tigre aussi a besoin de sommeil. » *(Laohu haiyou dadun de shihou).*

❊

« Le tigre le plus féroce ne dévore pas ses enfants. » *(Hu du buchi er).*

❊

« Capturer un tigre est aisé, le relâcher l'est moins. » *(Zhuohu rongyi, fanghu nan).*

❊

« Écraser une mouche sur la tête d'un tigre. » *(Laohu toushang pai cangying.)*

❊

« Chercher des poux sur la tête d'un tigre. » *(Hutoushang zhuo shizi.)*

❊

« Caresser la croupe d'un tigre. » *(Mo laohu pigu.)*
(Provoquer un puissant.)

❊

« Sans entrer dans la tanière du tigre, comment capturer ses petits ? » *(Buru huxue, yande huzi.)*

❊

« Trois fois sur dix l'homme craint le tigre, sept fois sur dix c'est le tigre qui craint l'homme. » *(Ren you sanfen pahu, hu you sanfen paren.)*

❊

« Quand deux tigres se battent il y a toujours un blessé. » *(Lianghu xiangdou biyou yishang.)*

❊

« En l'absence de tigre, les singes sont les rois de la montagne. » *(Shanshang wu laohu, houzi cheng dawang.)*

❊

« Quand un tigre a faim, il n'est rien dont il ne s'empare. » *(E hu weiyou buqiang)*.

❊

« Où a-t-on vu la viande ressortir de la gueule du tigre ? » *(Hukouli nayou huilairou ?)*

❊

« Un mouton se jette dans la gueule d'un tigre : un aller sans retour. » *(Yang ru hukou : youqu wuhuan.)*

❊

« Un tigre qui aurait pris de l'arsenic. » *(Chile pishuang de laohu.)*

(S'empoisonner pour nuire aux autres : un acte stupide.)

❊

« Une belle pelisse n'est pas faite de l'aisselle d'un seul renard. » *(Liangqiu fei yihu zhiye.)*

❊

« L'antilope s'empêtre les cornes dans la haie : avancer et reculer sont difficiles. » *(Diyang chufan : jintui liangnan.)*

(Expression dont la seconde partie est souvent omise.)

❊

« Près d'un étang, ne craignez pas les coassements des grenouilles. » *(Jiyao tangbian zuo, bupa qingwa jiao.)*

❊

« Plutôt être le bec d'un coq que le derrière d'un buffle. » *(Ningwei jikou, wuwei niuhou.)*

❊

« Battez le mulet, le cheval aura peur aussi. » *(Da luozi, ma ye jing.)*

❊

« Une crotte de souris suffit à gâcher une marmite de soupe. » *(Yili laoshu shi gaohuaile yiguo zhou)*.

❊

« La bonne abeille ne butine pas la fleur à terre. » *(Haofeng bucai luodi hua.)*

❊

« Comme des fourmis sur une poêle brûlante. » *(Reguoshang de mayi yiban.)*

(Une agitation vibrionnante.)

❊

« Les fourmis n'entrent pas dans une brique sans fissure. » *(Mayi buru wufeng dezhuan.)*

❊

« Les mouches ne s'attaquent pas à un œuf qui n'est pas fêlé. » *(Cangying bubao meifeng'r de jidan.)*

❊

« Une fourmilière peut provoquer la rupture d'une digue de mille *li*. » *(Qianli zhi ti, kui yu yijue.)*

❊

« Une armée de fourmis peut triompher d'un serpent venimeux. » *(Qunyi nengjiang dushe.)*

❊

« Le taon a beau pouvoir énerver un buffle, il n'est pas capable de tuer un pou. » *(Niumang suiran nenggou re niu, kebuneng yaozi shizi.)*

❊

« La phalène se précipite vers la flamme et se brûle. » *(Fei'e puhuo zishaoshen.)*

❊

« Le poing n'arrive pas à frapper la puce. » *(Quantou dabuzhao tiaozao.)*

❊

« Une puce ne peut pas à elle seule soulever une couverture. » *(Yige tiaozao dingbuqi yi ge beizi.)*

✻

« Si nombreuses soient-elles, des puces n'arrivent jamais à soulever une couverture. » *(Tiaozao zai-duo ye dingbuqi beizi lai.)*

✻

« L'araignée en grimpant laisse un fil, et même les fourmis laissent des traces de pattes. » *(Zhizhu paxing liuxia sizong, mayi zoulu liuxia jiaoyin.)*

✻

« Un bousier ne fera jamais du miel. » *(Shikelang zuobuchu mi.)*

✻

« Le meilleur cheval peut chuter. » *(Qianlima you yijue)*.

✻

« Le bon cheval avance à la simple vue de l'ombre du fouet. » *(Liangma jian bianying er xing.)*

✻

« Un cheval ne porte pas une double selle. » *(Yima bukua shuang'an.)*
(Une femme ne doit pas avoir deux époux.)

✻

« Les lèvres de l'âne ne s'accordent pas à la bouche du cheval. » *(Lüchun budui mazui.)*

✻

« Le crottin de l'âne brille extérieurement. » *(Lü fenqiu'r waimian guang.)*

❊

« Le caractère de l'âne a ceci d'étrange qu'il marche plus vite lorsqu'on le monte que lorsqu'on le traîne. » *(Lüzi shi ge guai, qizhe fan bi qianzhe kuai.)*

(Certains individus ont besoin de contraintes pour se surpasser.)

❊

« Un cheval serait incapable de parcourir mille *li* s'il n'y avait quelqu'un pour le conduire. » *(Maxing qianli, wuren buneng ziwang.)*

❊

« Les gens du Sud ne rêvent pas de chameaux, les gens du Nord ne rêvent pas d'éléphants. » *(Nanren bumeng tuo, Beiren bumeng xiang)*.

(On ne rêve que de ce que l'on connaît.)

❊

« Même gentil, un cochon s'attrape brutalement. » *(Shanzhu e na.)*

❊

« Capturer une tortue dans une jarre. » *(Wengzhong zhuobie)*.

(Une action aisée.)

❊

« Seuls les rats connaissent le chemin des rats. » *(Haozi cai zhi haozi lu.)*

❊

« Pour le hérisson, le pelage de son petit est soyeux ; pour la fouine, son petit sent bon. » *(Ciweiwei shuo ta haizi mao'r guang, huangshulang shuo ta haizi wei'r xiang.)*

⁂

« Les renards dans leur terrier ne trouvent pas que ça sent le fauve. » *(Yiwo huli buxian sao.)*

⁂

« Peu importe que le chat soit blanc ou noir, s'il sait chasser les rats c'est un bon chat. » *(Buguan baimao heimao, neng zhuazhu haozi jiushi haomao.)*

(Proverbe adopté par Deng Xiaoping pour illustrer son pragmatisme politique.)

⁂

« Le chat qui attrape les souris ne miaule pas. » *(Huizhuo laoshu de mao'r bujiao.)*

⁂

« Un chat gâté attrape difficilement des souris. » *(Jiaomao nan bushu.)*

⁂

« Un chat en position de force est plus menaçant qu'un tigre, un phénix affaibli ne vaut même pas un coq. » *(Mao'r deshi xiong sheng hu, fenghuang luopo buru ji.)*

⁂

« Laisser le loup garder les moutons : cela peut-il durer ? » *(Yilang muyang, heneng changjiu ?)*

❊

« Si gros que soit le rat, lui aussi craint le chat. » *(Laoshu zaida yepa mao.)*

❊

« Si c'est un rat, il craint le chat. » *(Shi laoshu jiupa mao.)*

chat

❊

« Un rat dira toujours que rien n'est plus redoutable qu'un chat. » *(Laoshu shuo mao zui lihai.)*

❊

« Un rat qui ne sait plus où fuir finit par mordre le chat. » *(Wuchu tao de laoshu yao limao.)*

❊

« Un rat qui traverse la rue a droit aux huées et aux coups de tous. » *(Laoshu guojie, renren xiangda.)*

(Animosité déclenchée par les choses ou les personnes malfaisantes.)

❊

« S'il n'y est pas obligé le chat ne monte pas aux arbres, s'il n'y est pas obligé le lièvre ne mord pas les gens. » *(Mao buji bushang shu, tu buji buyao ren).*

❊ chat

« Le chat et la souris dorment ensemble. » *(Maoshu tongmian.)*

(Complicités au sein d'une hiérarchie. Autre sens : promiscuité entre maîtres et serviteurs.)

❊

« Le chat et la souris ne dorment pas ensemble. » *(Maoshu butongmian.)*

❊

« Chat aveugle tombe sur un rat mort. » *(Xiamao pengzhe sihaozi.)*

❊

« Le hideux crapaud aimerait goûter la chair du cygne. » *(Laihama xiangchi tian'e rou.)*

(Des prétentions démesurées.)

❊

« L'éléphant est brûlé pour ses défenses, l'huître est brisée pour sa perle. » *(Xiang yi chi fenshen, bang yi zhu pouti)*.

(Wang Fu, Qianfu lun [« Propos d'un ermite »], chap. « Yeli ».)

❊

« Quand un incendie se déclare sur les murailles, le malheur atteint les poissons des douves. » *(Chengmen shihuo, yangji chiyu.)*

(Être impliqué dans une affaire dans laquelle on n'était initialement pas mêlé.)

❊

« Perdre un mouton et gagner un buffle. » *(Diule yang, dele niu.)*

❊

« Renards et blaireaux font bon ménage. » *(Huli he huan tongqi.)*

(Une association de malfaiteurs.)

*

« Les moineaux ne volent pas avec les oies sauvages. » *(Maque mo gen dayan fei.)*

*

« Les canards ne fraient pas avec les poules. » *(Yazi buhe ji hehuo).*

*

« Nourrir les chats le matin et les chiens la nuit. » *(Chao weimao, ye weigou.)*

(Le chat qui a faim le soir attrape des souris, le chien une fois nourri peut garder la maison. Reconnaître les propriétés de chaque chose afin d'en tirer le meilleur parti.)

*

« Le lièvre mort, le renard se lamente : les êtres s'affligent pour leurs congénères. » *(Tusi hubei, wushang qilei.)*

*

« Quand les lièvres sont morts on mange le chien ; quand les oiseaux sont décimés on range l'arc. » *(Tusi goupeng, niaojin gongcang.)*

*

« Le lièvre compte sur ses jambes, le loup sur ses dents : chacun survit comme il peut. » *(Tuzi kaotui, lang kaoya, geyou gede moushengfa.)*

*

« Le lièvre court dans les montagnes mais retourne toujours à son gîte. » *(Tuzi manshan pao, haidei hui laojia.)*

(Les hommes désirent revoir leur pays d'origine.)

❋

« Le lièvre ne mange jamais l'herbe près de son terrier. » *(Tu'er buchi kubiancao.)*

(Les malfaiteurs évitent de se faire remarquer dans leur propre environnement.)

❋

« Si les lièvres pouvaient tirer des carrioles, qui achèterait encore des ânes ? » *(Tuzi neng lache, shei mai lü ?)*

❋

« Si l'on pouvait atteler des lièvres à un char, qui voudrait élever des chevaux de Yili ? » *(Tuzi yaoshi neng jia yuan, shei haiyao yang Yili ma ?)*

(Yili, au Turkestan, était connu pour ses élevages.)

❋

« La belette ne reprochera jamais aux poussins d'être trop maigres. » *(Huangshulang buxian xiaojizi shou.)*

❋

« La belette se concentre sur les canards malades. » *(Huangshulang zhuanyao bingyazi.)*

❋

« Revêtu de satin, un singe reste un singe. » *(Houzi chuanshang chouduan yehaishi houzi.)*

❋

« Le vent du printemps ne pénètre pas dans les oreilles de l'âne. » *(Chunfeng buru lüer.)*

(L'imbécile reste indifférent aux bons conseils.)

⁂

« Un vol d'oies sauvages forme difficilement ses rangs sans un oiseau de tête. » *(Qunyan wushou nan chenghang.)*

⁂

« Le serpent dira : "Ce n'est pas moi qui suis sinueux, c'est la route." » *(She shuo : bushi wo wan, shi lu wan.)*

⁂

« Le serpent qui entre dans un tuyau de bambou ne perd pas sa nature retorse. » *(She ru zhutong, quxing youzai.)*

⁂

« On n'attache pas deux ânes à la même mangeoire. » *(Yige caoshang quanbuxia liangjiaolü.)*

⁂

« Il ne peut pas y avoir deux tigres sur la même montagne. » *(Yishan buneng you erhu.)*

⁂

« La loutre a son terrier au bord de l'eau, inutile d'interroger un immortel. » *(Taku jinshuibian, bubi wenxian.)*

(Caractère d'évidence de certaines situations.)

⁂

« Chat un jour, chien le lendemain. » *(Mao yitian, gou yitian.)*

(Un caractère changeant.)

chat

❊

« Un cochon reste un cochon, un mouton reste un mouton, on ne trouve jamais de la viande de porc sur un mouton. » (*Zhu shi zhu, yang shi yang, zhurou zhangbudao yangshenshang.)*

❊

« L'oiseau qui salit son nid est un vilain oiseau. » *(Ba ziji de wo nongzang de niao shi huainiao.)*

(Expression utilisée pour discréditer les personnes s'avisant de critiquer leur pays à l'étranger.)

❊

« Le jour les oiseaux écoutent, le soir ce sont les rats. » *(Baitian niao huiting, wanshang shu huiting.)*

(Équivaut au proverbe français « les murs ont des oreilles ».)

❊

« Le veau qui vient de naître ne craint pas le tigre. » *(Chusheng niudu bupa hu.)*

❊

« Un bon cheval ne tourne pas la tête en arrière pour brouter, l'eau coule vers l'est sans rebrousser chemin. » *(Haoma buchi huijingcao, liushui xiangdong buhuitou.)*

(Quand une décision a été prise, on ne doit plus faire machine arrière.)

❊

« Une cigogne parmi les poules. » *(He zai jiqunli.)*

(Un homme supérieur parmi des gens médiocres.)

❋

« Un cheval de course qu'on chargerait de capturer des rats serait moins efficace qu'un chat boiteux. » *(Hualiu jiang bushu, buji pimao'r.)*

(Vers de Hanshan, poète excentrique des Tang.)

❋

« Devant un chameau, prétendre qu'il s'agit d'un cheval ayant une tumeur au dos. » *(Jian tuotuo wei ma zhong bei.)*

❋

« Un bœuf fourbu attelé à une carriole cassée. » *(Lao niu la po che.)*

(Une activité peu efficace.)

❋

« La guêpe a beau avoir le dos rayé, ce n'est pas un tigre, l'escargot a beau avoir des cornes, ce n'est pas un buffle. » *(Fengbei suihua bushi hu, woniu youjiao bushi niu.)*

❋

« Le buffle mange du foin et le cheval du grain : chacun trouve son bonheur. » *(Niu chi daocao ma chi gu, geren ziyou geren fu.)*

❋

« L'herbe qui entre dans la bouche d'une vache n'en a plus pour longtemps. » *(Cao ru niukou, qiming bujiu.)*

❋

« Commencer en tête de dragon et finir en queue de chien. » *(Qi longtou, jie gouwei.)*

(Une affaire qui commence tambour battant et qui s'achève pitoyablement.)

⁂

« Une tête de dragon et une queue de serpent. » *(Longtou er shewei.)*

⁂

« D'un coup d'aile l'aigle peut atteindre son but, en rampant le crapaud parvient aussi au sien. » *(Xiongying feixing neng dadao mudidi, hama paxing yeneng dadao mudidi.)*

⁂

« Lorsqu'un troupeau de moutons est uni, le loup n'ose l'attaquer. » *(Yangqun hemu, lang bugan zhuo.)*

⁂

« Le chien qui mord ne montre pas les dents. » *(Yaoren gou'r bulou chi.)*

⁂

« L'arbre devant la maison attire les corbeaux et les pies. » *(Wuqian youshu zhao yaque)*.

⁂

« Quand une pie chante devant la porte, un événement heureux s'annonce dans la maison. » *(Xique menqian jiao zhicha, dingyou xishi dao wojia.)*

(La pie est un présage de mariage.)

❊

« Araignées et pies ont abusé bien des gens. » *(Zhizhu xique wuren duo.)*

(Ces deux animaux sont des signes de bon augure.)

❊

« Un petit pigeon peut apporter de grandes nouvelles. » *(Xiaogezi nengshao daxinxi.)*

❊

« La mante religieuse attrape la cigale, mais le moineau guette derrière. » *(Tanglang buchan, huangque zaihou.)*

❊

« La chauve-souris ne se voit pas, mais elle se rit de l'hirondelle. » *(Bianfu buzijian, xiao ta liangshang yan.)*

❊

« Le phénix ne se pose pas si le lieu n'est pas noble. » *(Fenghuang buluo wubaodi.)*

❊

« Un phénix né dans un nid de corbeaux. » *(Yachao shengfeng.)*

❊

« L'aigle a beau avoir des serres, il ne pourrait capturer une mouche. » *(Laoying de zhuazi suida, que zhuobuzhu cangying.)*

❊

« La poule qui crie trop pond moins d'œufs. » *(Jiaodeduo de ji xiadan shao.)*

❋

« Le moineau qui aime chanter n'a pas quatre onces de chair. » *(Aijiao de maque meiyou siliang rou.)*

❋

« L'oiseau stupide s'envole le premier. » *(Benniao'r xianfei.)*

❋

« Le canard a des ailes mais ne vole pas. » *(Yazi youyi buhui fei.)*

❋

« Quand les oiseaux sont nombreux ils ne craignent pas l'aigle, quand les gens sont nombreux ils aplanissent les montagnes. » *(Niaoduo bupa ying, renduo ba shan ping.)*

❋

« L'oiseau amaigri a les plumes qui rallongent, l'homme appauvri a l'intelligence qui raccourcit. » *(Niaoshou mao chang, renpin zhi duan.)*

❋

« L'aile du corbeau n'arrive pas à masquer le soleil. » *(Wuya de chibang zhebuzhu taiyang.)*

❋

« Quand un cheval galope tout seul, on ne peut pas voir s'il est rapide ou lent. » *(Yipi ma benchi, kanbuchu kuaiman.)*

⁂

« Le moineau envolé, il reste son ombre. » *(Maque feiguo yeyou ying.)*

má què = moineau

CHAPITRE 19

La santé, la mort

« L'homme peut prolonger sa longévité, il peut aussi la raccourcir. » *(Ren you keyan zhishou, yiyou kezhe zhishou.)*

❋

« La longévité est le premier des Cinq Bonheurs. » *(Wufu zhizhong shou shi xian.)*

❋

« Une mauvaise vie vaut mieux qu'une belle mort. » *(Haosi buru e'huo.)*

❋

« Ceux qui souffrent de la même maladie compatissent entre eux, ceux qui ont les mêmes soucis s'entraident. » *(Tongji xianglian, tongbing xiangjiu.)*

❋

« On compatit avec ceux qui sont affectés du même mal. » *(Tongbing xianglian.)*

❋

« Sans maladies on a le corps léger. » *(Wubing yishen qing.)*

⁂

« La blessure cicatrisée, on oublie la douleur. » *(Haole chuangba wangle tong.)*

⁂

« La faiblesse est un gage de survie, la force est la matrice du malheur. » *(Ruanruo lishen ben, gangqiang rehuo zhitai.)*

⁂

« Sourire trois fois tous les jours rend inutile tout médicament. » *(Yiri sanxiao, buyong chiyao.)*

⁂

« Sourire, c'est rajeunir de dix ans ; s'attrister, c'est se faire des cheveux blancs. » *(Xiaoyixiao, shinianshao, chouyichou, bailiaotou.)*

⁂

« Mélancolie et souffrance favorisent la vie, oisiveté et plaisirs favorisent la mort. » *(Sheng yu youhuan er si yu anle.)*

(Mencius, Mengzi, VI B, 15.)

⁂

« Beaucoup de tristesse, c'est beaucoup de maladies ; plus on s'attriste, plus on devient malade. » *(Duochou duobing, yuechou yuebing.)*

⁂

« Une existence de soixante-dix ans a toujours été rare. » *(Rensheng qishi gulai xi.)* 70

(Vers de Du Fu, poème Qujiang, B.)

*

« Avoir vécu jusqu'à cinquante ans, c'est n'être pas mort prématurément. » *(Rennian wushi buwei yao.)*

*

« On tombe malade comme une montagne qui s'écroule, on guérit comme on démêle un écheveau de soie. » *(Debing ru shandao, qubing ru chousi.)*

(Une maladie survient brutalement alors que sa guérison est longue et complexe.)

*

« La maladie entre par la bouche, le malheur en sort. » *(Bing cong kou ru, huo cong kou chu.)*

*

« Entretenir une maladie, c'est entretenir un tigre. » *(Yangbing ru yanghu.)*

*

« Bénéfique pour le foie mais funeste pour la rate. » *(Youli yu gan, buli yu pi.)*

*

« Guérir la maladie sans parvenir à rendre la vie. » *(Zhiliao bing, zhibuliao ming.)*

*

« La grippe n'est pas une maladie grave, mais on risque sa vie à ne pas la soigner. » *(Ganmao busuan bing, buzhi yaoleming.)*

*

« Même centenaire on finit toujours par mourir. » *(Rensheng baisui, zongshi yisi.)*

*

« Il n'y a plus de jeunes ou de vieux sur le chemin des Sources jaunes. » *(Huangquan lushang wu laoshao.)*

(On peut mourir à tout âge. Les Sources jaunes désignent le monde des morts.)

*

« Il est des souffles que mille pièces d'or peuvent difficilement acheter. » *(Qianjin nanmai yikouqi.)*

*

« Mieux vaut être un rat vivant qu'un préfet mort. » *(Si zhifu buru huo laoshu.)*

*

« Une vie de moins de cent ans donne souvent des soucis pour mille ans. » *(Rensheng buman bai, changhuai qiansui you.)*

*

« Les maladies que l'on cache sont les plus difficiles à soigner. » *(Yinji nanyi.)*

*

« Même célèbre, un médecin aura du mal à guérir les maladies de la tête. » *(Mingyi nanzhi xintoubing.)*

*

« La couronne d'un roi ne guérit pas du mal de tête. » *(Wangguan zhibuliao touteng.)*

❋

« Mal étudier la médecine, c'est comme tuer les gens avec un couteau caché. » *(Xueyi buming, an dao sharen.)*

❋

« Ne pas prendre de médicament vaut mieux que prendre celui prescrit par un médecin médiocre. » *(Bufu yao, sheng zhongyi.)*

❋

« Qui domine sa soif en se couchant préserve sa santé en se réveillant. » *(Renke shangchuang shui, qichuang bao jiankang.)*

❋

« Trois cents pas après une bonne chère évitent d'entrer chez l'apothicaire. » *(Fanhou sanbaibu, buyong jin yaopu.)*

❋

« On doit se coiffer à jeun et se laver repu. » *(Ji shutou, bao xizao.)*

❋

« Un emplâtre à la peau de mouton : ça ne marche pas. » *(Yangpi gaoyao : bu ling.)*

(Seuls les emplâtres à la peau de chien étaient réputés être efficaces.)

❋

« Un remède amer en bouche est bénéfique contre le mal. » *(Yao kukouzhe, li bing.)*

❊

« Un remède où l'on ne respecte pas les proportions a un effet immédiat. » *(Yao bu an junchen, yifu jianxiao.)*

(Il risque de conduire directement au trépas.)

❊

« Si le remède correspond au mal, une cuillère peut suffire, autrement une jarre n'y suffit pas. » *(Yao duifang, yikoutang; buduifang, yishuigang)*.

❊

« Il y a 808 goûts de médicament, il y a 404 maladies chez les gens. » *(Yao you babaiba wei, ren you sibaisi bing.)*

❊

« Un remède ne guérit pas une fausse maladie, l'alcool ne chasse pas la vraie mélancolie. » *(Yao buneng zhi jiabing, jiu buneng jie zhenchou.)*

❊

« Un livre de remèdes recopié trois fois empoisonnerait les gens. » *(Yaoshu chao sanbian, dusi ren.)*

❊

« Les gens malades vivent souvent longtemps. » *(Bingfu duo changshou.)*

❊

« A force d'être malade on finit par devenir un bon médecin. » *(Jiubing cheng liangyi.)*

❋

« Quand on s'est fracturé le bras trois fois, on est un bon médecin. » *(Sanzhe gong wei liangyi.)*

❋

« Trop longtemps au chevet d'un malade, il n'y a plus de piété filiale. » *(Jiubing chuangqian wu xiaozi.)*

❋

« Tout semble jaune à celui qui a la jaunisse. » *(Hai huangdanbing deren, juede fangfu yiqie doushi huangde.)*

❋

« Le médecin a toujours du mal à se soigner lui-même. » *(Langzhong yibuhao ziji debing.)*

❋

« A défaut d'être un bon ministre, il convient du moins d'être un bon médecin. » *(Buwei liangxiang, dangwei liangyi.)*

❋

« Les prescriptions les plus bizarres peuvent soigner les maladies les plus graves. » *(Pianfang zhi dabing.)*

(Éloge de la médecine populaire.)

❋

« Parler de vraie prescription mais vendre un faux remède. » *(Shuo zhenfang, mai jiayao.)*

❊

« Consultez un médecin, vous aurez le remède ; consultez une guérisseuse, vous aurez droit aux spectres. » *(Wenzhe yisheng bian youyao, wenzhe shiniang bian yougui.)*

❊

« Faire confiance au chaman plutôt qu'au médecin. » *(Xin wu buxin yi.)*

(Sima Qian, Shiji [« Mémoires historiques »].)
(Un des six motifs rendant toute guérison impossible.)

❊

« Un homme sans constance ne doit pas se faire chaman ou médecin. » *(Ren er wuheng bukeyi zuo wuyi.)*

(Confucius, Entretiens, XIII, 22.)

❊

« Un malade s'intéresse aux médecins comme le frileux s'intéresse aux vêtements. » *(Youbing deren he yisheng jiejin, shenleng deren he yishang jiejin.)*

❊

« Il n'y a pas de grande catastrophe, fors la mort. » *(Chusi wu dazai.)*

❊

« Mort, le léopard laisse une peau ; à sa mort, l'homme laisse un nom. » *(Baosi liupi, rensi liuming.)*

❊

« Bien que ce soit un jour de mort, c'est comme une nouvelle naissance. » *(Sui si zhi ri, you sheng zhi nian.)*

(Certains sacrifices donnent un sens supérieur à la vie.)

❊

« Rien n'est plus affligeant que la mort du cœur, la mort de l'homme est secondaire. » *(Ai moda yuxin si, er rensi yi ci zhi.)*

(Phrase attribuée à Confucius dans le Zhuangzi, chap. XXI.)

❊

« Quand l'oiseau va mourir, son chant est triste ; quand l'homme va mourir, ses paroles sont bonnes. » *(Niao zhi jiangsi, qiming ye ai ; ren zhi jiangsi, qiyan ye shan.)*

(Confucius, Entretiens, VIII, 4.)

❊

« Même les riches n'ont pas de méthode pour mourir. » *(Furen wu sifa.)*

❊

« Une fois sous terre on a la paix. » *(Rutu wei an.)*

❊

« La fleur s'est fanée mais son parfum demeure. » *(Huaxie er liuxiang.)*

(Se dit d'une personne décédée dont l'œuvre ou la réputation lui survit.)

Table

RÉALISATION : ATELIER GRAPHIQUE DES ÉDITIONS DE SEPTEMBRE À PARIS.
IMPRESSION : MAURY-EUROLIVRES S.A. À MANCHECOURT (45300).
DÉPÔT LÉGAL : MAI 1996. N° 24017 (96/04/53094)